Cet ouvrage est une fiction, toute ressemblance avec des personnes, lieux ou événements réels ne serait que pure coïncidence.

ISBN 2-84580-793-7

ICHIGO 100%

Version française

2 LE RETOUR DE LA FILLE MYSTÉRIEUSE

Mizuki Kawashita

PRÉSENTATION DES PERSONNAGES

JUNPEI MANAKA

RÉSUMÉ DE L'HISTOIRE

Junpei a rencontré une mystérieuse jeune fille sur la terrasse du collège après les cours et l'image de sa petite culotte à fraises baignant dans la lumière du soleil couchant lui est restée gravée en mémoire... Le seul indice qu'il avait pour la retrouver était un cahier retrouvé sur les lieux...

Junpei apprend alors qu'il appartient à une certaine Aya Tojo, une fille de sa classe, plutôt sobre et discrète, dont il n'avait jamais remarqué la présence. Mais ses deux copains, Okusa et Komiyama, pensent qu'il s'agirait plutôt de la belle Tsukasa Nishino, la madone du collège. Et, sans vraiment en avoir la preuve, Junpei décide de lui faire sa déclaration.

Dans le même temps, avant de restituer le cahier à Aya, Junpei a l'indiscrétion de le feuilleter et de tomber sur... un début de roman ? Il découvre alors le réel don d'Aya pour l'écriture. Complètement séduit, il pense même au scénario qu'elle pourrait lui écrire pour son film... Mais c'est trop tard car il s'est déjà engagé auprès de la belle Tsukasa...

TSUKASA NISHINO

AYA TOJO

OKUSA

KOMIYAMA

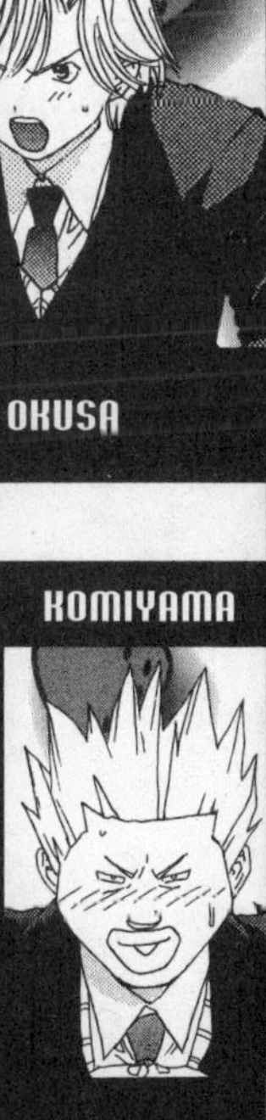

Son cœur balance entre les deux filles.., Tsukasa qu'il trouve sensuelle et Aya qui représente la douceur même. Cependant, il ne sait toujours pas qui était la mystérieuse fille à la culotte à fraises et, alors que les concours d'entrée au lycée approchent à grands pas, il n'est plus question de penser aux filles : il faut réviser ! Manaka et ses amis espèrent en effet rentrer dans le même lycée et décident de réviser ensemble. C'est alors qu'Okusa remarque le regard langoureux que tend Aya à Junpei...

SOMMAIRE

VOLUME 2 : LE RETOUR DE LA FILLE MYSTÉRIEUSE

ICHIGO 100%

CHAPITRE 9 : L'INVITATION
TSUKASA

ふら
AYA...
AMOUREUSE DE MOI ?
ELLE SERAIT DONC AMOUREUSE DE MOI...
AYA, AMOUREUSE DE JUNPEI
AYA EST AMOUREUSE DE MOI
AYA...

TU CROIS QU'ELLE EST AMOUREUSE DE MOI ?
WAH !
TU POURRAIS FAIRE ATTENTION OÙ TU METS LES PIEDS !
PARLE POUR TOI ! ON NE MARCHE PAS EN LISANT !
J'AI UNE EXCUSE VALABLE, JE SUIS EN PLEINE RÉFLEXION !
JE ME DEMANDAIS SI AYA NE SERAIT PAS TOMBÉE AMOUREUSE DE MOI
QU'EST-CE QUE TU LISAIS ?
"LES 50 ASTUCES POUR PLAIRE AUX FILLES" ? T'ES GRAVE, TOI !
T'INQUIÈTE, JE TE LE PRÊTERAI SI TU VEUX !

PRENDS CET EXEMPLE ...
AYA M'A INVITÉ À VENIR TRAVAILLER AVEC ELLE, TU TE SOUVIENS ?
OUAIS
ENSUITE, ELLE A FAIT EXPRÈS DE FAIRE TOMBER SA GOMME SUR MOI
QUAND ELLE L'A RAMASSÉE, ELLE A COLLÉ SA POITRINE CONTRE MOI
TU RÊVES !
ELLE NE L'A PAS FAIT EXPRÈS
JE TE DIS QUE SI !
D'APRÈS CE QUI EST ÉCRIT DANS LE MAGAZINE, ELLE EN PINCE POUR MOI
"ELLES SONT EN MANQUE DE SEXE QUAND ELLES SE CARESSENT LES CHEVEUX" ?
C'EST UN MAGAZINE POUR LES VIEUX PERVERS QUE TU AS ACHETÉ
OKUSA !
JE NE SAIS PAS SUR QUI VOUS AVEZ DES VUES
MAIS UNE FILLE QUI EST AMOUREUSE, ÇA SAUTE AUX YEUX
AH BON ?
À QUOI TU LE VOIS ?

FACILE
TU PLONGES TON REGARD DANS LE SIEN PENDANT TROIS SECONDES ET SI ELLE ROUGIT, C'EST DANS LA POCHE
TU PARLES ! ELLES ROUGISSENT TOUTES QUAND TU LES REGARDES !
EN EFFET, AUCUNE FILLE NE RÉSISTE À MON REGARD
QUEL PRÉTEN-TIEUX !
ET SI TU ESSAYAIS ?
DANS QUEL CŒUR AIMERAIS-TU LIRE ? DANS CELUI DE TSUKASA ?
OU BIEN DANS CELUI D'AYA...
DE QUOI ?
JE TE DÉFENDS DE T'OCCUPER D'AYA, RETOURNE PLUTÔT DANS LES BRAS DE TSUKASA !
ぎゃあぎゃあ
JE RETOURNERAI VERS ELLE QUAND TU M'AURAS PRÊTÉ TON MAGAZINE !
REGARDEZ CE QU'ILS LISENT !
LES GARÇONS SONT VRAIMENT VICIEUX !

3-4
EST-CE QUE TSUKASA S'EST DÉJÀ CARESSÉ LES CHEVEUX DEVANT MOI ?
IL ME SEMBLE QUE C'EST ARRIVÉ À AYA... MAIS JE N'EN SUIS PAS SÛR...
ALORS ...
D'AILLEURS, JE ME DEMANDE SI ELLE EST VRAIMENT AMOUREUSE DE MOI
ELLE AVAIT L'AIR D'APPRÉCIER NOS DISCUSSIONS MAIS...
GLOUPS
NOS REGARDS SE SONT CROISÉS !

じっ
JE VAIS TESTER... TROIS SECONDES ...
1
2
HEIN ?
すこーん
ÇA, C'ÉTAIT PAS PRÉVU ...
MANAKA, VOUS ÊTES EN COURS ! QUE LISIEZ-VOUS EN CACHETTE ?
“LES 50 ASTUCES POUR PLAIRE AUX FILLES”... JE VOIS, C'EST DE LA LECTURE TRÈS INTELLO !
EN FAIT, JE M'INTÉRESSE BEAUCOUP À LA PSYCHOLOGIE ET...
PAS DE CHANCE, IL TE CONFISQUE LE MAGAZINE ET EN PLUS IL TE FAIT ASSEOIR À GENOUX JUSQU'À LA FIN DU COURS
C'ÉTAIT MA REVUE !
PAS TOUCHE, J'AI DES FOURMIS DANS LES JAMBES !
JE TE PLAINS, MON PAUVRE JUNPEI
じーん

T'AS DE LA CHANCE, J'AI APPRIS LES 50 ASTUCES PAR CŒUR !
"QUAND UNE FILLE SE MOUILLE LES LÈVRES, C'EST UNE INVITATION"
"IDEM QUAND ELLE REGARDE VERS LE HAUT"
TAIS-TOI, TU NOUS FAIS HONTE !
OUAIS, LA HONTE !
MAIS JE PRENDS NOTE. LES LÈVRES. LES YEUX...
JUNPEI, TU VAS BIEN ?
JE TE DEMANDE PARDON...
J'AI ESSAYÉ DE TE PRÉVENIR QUE LE PROF ÉTAIT DERRIÈRE TOI
OH, MA P'TITE AYA ♡
POF
OUAIS. TROIS SECON-DES... TROIS SECON-DES...
1

2...
2...
BON, À DEMAIN...
AH !
HÉ !
FAIS ATTENTION OÙ TU METS LES PIEDS !
ELLE EST TOMBÉE ALORS QU'IL N'Y AVAIT AUCUN OBSTACLE ...
AYAA ...

J'AI DÛ ROUGIR EN MÊME TEMPS QU'ELLE
ALORS... AYA M'AIMERAIT VRAIMENT ?
SA CHUTE ÉTAIT-ELLE DUE AU TROUBLE QU'ELLE A RESSENTI ?
MOI, JE SORS AVEC TSUKASA
QUELLE TOURNURE MA VIE VA-T-ELLE PRENDRE ?
JE ME FICHE COMPLÈTEMENT QUE TU SOIS LÀ OU PAS !
J'AIME JUNPEI, POINT FINAL !
C'EST UNE PLAISANTERIE ?
JUNPEI M'APPARTIENT, IL EST À MOI SEULE !

REGARDE !!
ばっ
JE PORTE UNE CULOTTE À FRAISES ET C'EST UNE BELLE PREUVE D'AMOUR QUE JE LUI OFFRE !
ET MOI DONC !
J'AI LA MÊME ! QU'EN DIS-TU, JUNPEI ?
ぱっ
LAQUELLE PRÉFÈRES-TU, LA MIENNE OU LA SIENNE ?
えへへ
えへへ
LA QUESTION NE SE POSE PAS, C'EST LA MIENNE !
TU ES SÛR QUE ÇA VA BIEN ?

HEIN ? HAHA HAHA HA...
TU VAS FINIR PAR GOBER LES MOUCHES SI TU NE FERMES PAS LA BOUCHE
OUI, PARDON... JE TÂCHERAI DE FAIRE ATTENTION
À QUOI TU PENSAIS ? TU AVAIS L'AIR TRÈS HEUREUX !
JE NE POURRAI JAMAIS LUI AVOUER
QUE JE PENSAIS À SA CULOTTE À FRAISES, QUAND MÊME !
OUPS, ENCORE UNE VISION
WAH AH AH AHA
SI TU ME DISAIS LA VÉRITÉ ?
...
...
...
AS-TU QUELQUE CHOSE DE PRÉVU, CE SOIR ?

POUR-QUOI ?
EN FAIT, J'AI JUSTE UNE TONNE DE RÉVISIONS ET...
JUSTEMENT !
ÇA TE DIRAIT DE VENIR RÉVISER À LA MAISON ?
QUOI ?
CHEZ TOI... DANS TA CHAMBRE ?
EN FAIT, JE PRÉFÈRE RÉVISER AVEC QUELQU'UN
MAIS TOI, TU PRÉFÈRES PEUT-ÊTRE BOSSER SEUL ?
PAS DU TOUT, À DEUX C'EST MIEUX !
LAISSE-MOI JUSTE LE TEMPS DE ME PRÉPARER PSYCHOLOGI-QUEMENT...
TU N'AS QU'À PRÉVENIR TES PARENTS, APPELLE-LES AVEC MON PORTABLE
JE T'INVITE À RESTER MANGER

MERCI POUR LE PORTABLE, C'EST GENTIL
J'ESPÈRE QUE JE N'AI PAS MIS DES CHAUSSETTES TROUÉES...
MAMAN ? JE RENTRERAI PLUS TARD, AUJOURD'HUI
カチーン
カチーン
QUELLE JOLIE MAISON, TSUKASA !
TU TROUVES ? MERCI
PREMIER PASSAGE OBLIGATOIRE : SA MÈRE
M'A-T-ELLE INVITÉ POUR ME PRÉSENTER À SES PARENTS ?

PITIÉ !
PERSONNE NE TOUCHE À MA FILLE !
SON PÈRE EST PEUT-ÊTRE UN HOMME TERRIFIANT !
J'AI SOUDAINEMENT MAL AU VENTRE ...
SI JE N'ARRIVE PAS À FRANCHIR CETTE ÉPREUVE, TSUKASA NE ME CONSIDÈRERA PLUS COMME SON PETIT AMI...
TU AS UN PROBLÈME ?
TANT PIS, S'ILS NE M'ACCEPTENT PAS
J'ESPÈRE SEULEMENT QUE JE FERAI BONNE IMPRESSION AUPRÈS DE SES PARENTS EN TANT QUE SIMPLE AMI !
TOUT VA BIEN, ON Y VA ?
POURQUOI TU MARCHES COMME UN PANTIN ?
RESTONS FRAIS ET SURTOUT AGRÉABLE
BONJOUR, JE M'APPELLE JUNPEI MANAKA !

し〜ん
VIENS, ENTRE !
PRENDS LES PANTOUFLES QUI SONT LÀ
SA MÈRE EST SANS DOUTE SORTIE FAIRE DES COURSES
J'AI EU TORT DE ME METTRE AUTANT LA PRESSION
TU VIENS ?
ON VA DANS MA CHAMBRE ?

ATTENDS... NE CROIS PAS QUE JE...
TU ES VENU RÉVISER, PAS VRAI ?
HEIN ?
OUI, MAIS TU AS PEUT-ÊTRE DES PETITS SECRETS QUE JE...
POUR TA GOUVERNE, MA CHAMBRE EST TOUJOURS BIEN RANGÉE
ENTRE

ぽーっ
チカ チカ
IMPRESSIONNANT ...
JE N'AVAIS ENCORE JAMAIS VU UNE CHAMBRE DE FILLE...
ドキ ドキ
IL Y A PLEIN DE GADGETS À CROQUER ...
ASSIEDS-TOI SUR LE LIT
SUR LE LIT !?
C'EST UN SANCTUAIRE OÙ TSUKASA REPOSE TOUS LES SOIRS !
TU NE VEUX PAS T'ASSEOIR ?
......
SI, SI...
JE SUIS MAL À L'AISE
J'AI DE DRÔLES D'IDÉES QUI ME TRAVERSENT L'ESPRIT
EUH...

C'EST BIEN CALME CHEZ TOI, IL N'Y A PERSONNE ?
NON...
JE SUIS TOUTE SEULE JUSQU'À DEMAIN

ICHIGO 100%

NON...
JE SUIS TOUTE SEULE
JUSQU'À DEMAIN
SEULE JUSQU'À DEMAIN ?
ALORS... ON N'EST QUE TOUS LES DEUX ?
CHAPITRE 10 : TROUBLE CHEZ TSUKASA

CHAPITRE 10 :
TROUBLE CHEZ TSUKASA

POURQUOI ?
POURQUOI M'A-T-ELLE INVITÉ UN JOUR OÙ SES PARENTS SONT ABSENTS ?
POURQUOI PREND-ELLE DES AIRS SI DÉCONTRACTÉS ?
POUR-QUOI ?
SLURP
LES LÈVRES...
LES CHEVEUX...
INVITATION...
SON REGARD. SES LÈVRES. SES CHEVEUX ?
JUNPEI, JE TE TROUVE TENDU
TOUT EST LÀ... C'EST UNE INVITATION !
J'Y VAIS OU J'Y VAIS PAS ?
TSU-KASA ...

JUS-QU'OÙ VAIS-JE DEVOIR ALLER ?
OÙ ?
UN HOMME DOIT ÉCOUTER SES ENVIES ET FONCER !
TSUKASA !
ばっ
ON A SONNÉ
ピーンポーン
JE ME DEMANDE QUI ÇA PEUT BIEN ÊTRE
JE VAIS ALLER RÉPONDRE, JE REVIENS
ぴく
ぴく
... ...

PFF FFF ...
PFU FUFU FUFU FUFUH
UN INTRUS EST VENU S'IMMISCER DANS MA VIE MAIS J'AI TOUTE LA NUIT DEVANT MOI !
POURQUOI REFUSER UNE TELLE OFFRE ALORS QUE L'INVITATION EST FORMELLE ?
AUJOURD'HUI, J'EMBRASSE TSUKASA !
CE SERA UN JOUR À MARQUER D'UNE PIERRE BLANCHE !

BONSOIR, C'EST MME SHINOHARA, LA VOISINE !
TA MAMAN M'A PRÉVENUE QUE TU SERAIS TOUTE SEULE
OUAF
OUAF
ELLE M'A DEMANDÉ DE VEILLER SUR TOI... TU N'AS BESOIN DE RIEN ?
NON, MERCI... JE ME DÉBROUILLE TRÈS BIEN TOUTE SEULE
C'EST VRAI QUE TU ES UNE GRANDE FILLE, MAINTENANT !
FAIS TOUT DE MÊME TRÈS ATTENTION, IL Y A DES VOLEURS DE LINGERIE QUI RÔDENT DANS LES PARAGES
DIS AU REVOIR À LA JEUNE FILLE, BIANCA !
ELLE EST FATIGANTE, C'TE VIEILLE
AH BON ?
TU SAIS CUISINER ?

OUI
JE ME DÉBROUILLE PAS TROP MAL... J'ESPÈRE QUE ÇA TE PLAIRA
OUI, BIEN SÛR, JE VAIS ADORER !
ELLE EST MIMI AVEC SON TABLIER... JE ME METS DANS LA PEAU D'UN JEUNE MARIÉ ♡
C'EST PAS MAL DU TOUT D'AVOIR UNE COMPAGNE QUI AIME CUISINER... ♡
QU'EST-CE QUE TU NOUS PRÉPARES ?
DES TOMATES À L'ITALIENNE AVEC DU POULET, UN RISOTTO AUX FRUITS DE MER ET POUR FINIR UNE OMELETTE ARROSÉE D'UN GLAÇAGE À LA TOMATE
AH OUAIS ?
JAMAIS MANGÉ...
IL FAUT COUPER LES OIGNONS TRÈS FIN ET...
UN TABLIER PAR-DESSUS UNE JUPE, ÇA FAIT UN PEU ÉROTIQUE, JE TROUVE
ÇA ME DONNE ENCORE DES IDÉES !
HM
QUE FAIRE ?
ALORS, JE LA PRENDS DANS MES BRAS, PAR DERRIÈRE ?

JE T'ADORE, TSUKASA CHÉRIE !
UN PETIT BOUILLON POUR LA SOUPE...
AJOUTER DU CHOCOLAT DANS LA MAYONNAISE ET LE VINAIGRE...
DU CHOCO ?
DU CHOCOLAT DANS LA SOUPE ?
HÉ !
C'EST BRÛLANT !
TU POURRAIS T'INQUIÉTER POUR MOI !
AH OUI, PARDON
C'EST MALIN !
QU'EST-CE QUI T'A PRIS DE CRIER ? TOUT EST PAR TERRE MAINTENANT !
C'EST TOMBÉ PILE POIL LÀ OÙ IL NE FALLAIT PAS !
FROTT'
FROTT'
!!!

MERCI... CE N'EST PAS LA PEINE DE M'ESSUYER !!
BAH, POURQUOI ?
C'EST UNE ZONE EXTRA SEN-SIBLE !
JE VAIS FINIR PAR ME LAISSER ALLER !
AH AH
PFUUH
TU AS SANS DOUTE RAISON
JE PENSE QU'IL VAUDRAIT MIEUX TOUT METTRE DANS LA MACHINE À LAVER
POUR CE SOIR, JE PEUX TE PRÊTER UN PYJAMA MAIS, EN ATTENDANT, JE TE DEMANDERAIS DE TE METTRE EN SURVÊTEMENT
JE FERAI TOURNER UNE MACHINE TOUT À L'HEURE
CE SERA SEC POUR DEMAIN MIDI...
C'EST ENCORE... UNE INVITATION ?

JUNPEI... ♡
DOIS-JE COMPRENDRE QUE JE VAIS RESTER DORMIR ?
UN COLLÉGIEN NE DOIT PAS POUSSER SON IMAGINATION TROP LOIN !
WOOH
QU'ATTENDS-TU POUR ALLER TE CHANGER ?
TSUKASA, LE VEUX-TU VRAIMENT ? AS-TU BIEN RÉFLÉCHI ?
ZUT, MON CALEÇON EST PLEIN DE SOUP...
ぬぎ ぬぎ
HA HA...
JE RESSEMBLE À RIEN DANS CE SURVÊTEMENT
JE DISAIS DONC... DU CHOCOLAT, DE LA MAYO ET DU VINAIGRE...
ずでっ

TU N'AS PAS UNE RECETTE PLUS SIMPLE ?
TU NE VOIS PAS QUE JE SUIS EN TRAIN DE ME DÉCARCASSER POUR TE FAIRE PLAISIR ?
REGARDE TOUTE LA MOUTARDE QUE TU METS !
RESTE CLASSIQUE ...
NE RAJOUTE PLUS RIEN, C'EST BIEN COMME ÇA
LÂCHE-MOI !
SI ON GOÛTAIT AVANT QUE TU NE VIDES LE TUBE DE MOUTARDE ?
LAISSE-MOI TRANQUILLE !
TOUT EST TA FAUTE, JUNPEI !
MA FAUTE...
JE N'AI PLUS ENVIE DE CUISINER ! T'AS INTÉRÊT À TOUT NETTOYER !
ぱっしゃーん
....
I'AC DE LA CHANCE, CE N'ÉTAIT PAS CHAUD
PARDON, TSUKASA ...
JE SUIS DANS UN SALE ÉTAT À CAUSE DE TOI !
MES SOUS-VÊTEMENTS SONT TREMPÉS

JE VAIS ME DOUCHER !
MAIS...
QUI T'A DEMANDÉ DE ME SUIVRE ? VA NETTOYER LES DÉGÂTS !
TOUT DE SUIITE !!

PFOUAH...
LA SALLE DE BAIN SE TROUVANT À CÔTÉ DE LA CUISINE, J'ENTENDS TOUT CE QUI S'Y PASSE... ♡
ELLE DOIT ÊTRE NUE COMME UN VER... HÉHÉ
ELLE PENSE PEUT-ÊTRE QUE J'AI L'INTENTION DE L'ÉPIER... ET SI JE JETAIS UN ŒIL ?
NON, SI JAMAIS JE REFAIS UNE BOULETTE, ELLE ME RENVERRA CHEZ MOI À COUPS DE PIED AUX FESSES !
LA NUIT EST ENCORE LONGUE
NIARK NIARK

QUEL GÂCHIS !
LA SOUPE AVAIT L'AIR SI BONNE !
MINCE
JUNPEI !
JUNPEI ! TU POURRAIS VENIR, S'IL TE PLAÎT ?
C'EST MOI QU'ELLE APPELLE DE LA SALLE DE BAIN ?
TU M'AS APPELÉ, TSUKASA ?
ARRÊTE !
BAH ?
N'OUVRE PAS, JE SUIS TOUTE NUE !
NON. CE N'EST PAS POSSIBLE... SI ?
ET SI ELLE M'INVITAIT À VENIR LA REJOINDRE ?
OUPS

JE NE SAIS PAS OÙ VOUS LES RANGEZ...
FAIS UN EFFORT !
JE N'ENTENDS PAS BIEN CE QUE TU DIS !
JE NE PLAISANTE PAS !
J'AI OUBLIÉ DE PRENDRE MA SERVIETTE, TU POURRAIS ALLER M'EN CHERCHER UNE ?
TCHAC
TCHAC
NUE ?
J'AI OUBLIÉ DE RENTRER LE LINGE !
TU VEUX BIEN Y ALLER ? MA SERVIETTE EST RESTÉE AVEC LE LINGE QUI SÈCHE DEHORS
ZUT !
J'Y VAIS DE CE PAS
NE ME CHERCHE PAS !
POURQUOI T'EMBÊTER ? TU N'AS QU'À SORTIR SANS TE SÉCHER

ÇA CAILLE ! ELLE AURAIT PU ÉVITER DE M'ASPERGER !
ÇA TOMBE BIEN, IL Y A UNE AUTRE SERVIETTE
OÙ EST SON DRAP DE BAIN ?
FLAP
INCROYABLE !!
J'ÉTAIS LOIN DE PENSER QU'ELLE PORTAIT CE GENRE DE LINGERIE !
C'EST QUAND MÊME VACHEMENT ÉTROIT COMME CULOTTE !
AH
AH OUI, C'EST CE QU'ELLES APPELLENT UN "STRING" ! ELLE A DE CES GOÛTS ! ♡
IL ESSAIE ?
J'ESPÈRE QUE TOUT VA BIEN
ALLONS BON !
UNE SILHOUETTE LOUCHE DANS LE JARDIN DE MA VOISINE !
UN VOLEUR DE LINGERIE !

Il n'y a que de la lingerie super sexy, ma parole ! ♡
MONSIEUR L'AGENT, IL EST LÀ-BAS !
HALTE ! VOUS ÊTES PRIS EN FLAGRANT DÉLIT !
KOÂÂÂH ?
QU'EST-CE QU'IL FICHE ?
FINALEMENT, ON N'EST JAMAIS MIEUX SERVI QUE PAR SOI-MÊME !
JE ME DEMANDE OÙ IL EST PASSÉ
QUI EST-CE ?

わ～ん
JUN-PEI ?
TSUKASA !!
CE JEUNE HOMME NE CESSE DE ME DIRE QUE VOUS L'AVEZ ENVOYÉ CHERCHER LE LINGE MAIS JE NE CROIS PAS UN MOT DE CE QU'IL RACONTE
ÊTES-VOUS CERTAINE DE CONNAÎTRE CE GARÇON ?
TSUKASA, TU N'AS RIEN ?
キャーキャー
MME SHINOHARA ...
QUELLE HORREUR ! J'AI TOUT DE SUITE COMPRIS CE QU'IL ESSAYAIT DE FAIRE QUAND JE L'AI VU DANS LE JARDIN !
NE T'INQUIÈTE PAS, IL EST ENTRE LES MAINS DE LA POLICE ! COMMENT CE MINABLE OSE-T-IL DIRE QU'IL EST TON AMI ?
EN FAIT ...
CE MINABLE EST EFFECTIVEMENT MON AMI... POUR L'INSTANT
OH !
VOTRE AMI, DITES-VOUS ?
DANS CE CAS, JEUNE HOMME, TÂCHEZ D'AVOIR UN COMPORTEMENT PLUS NATUREL, LA PROCHAINE FOIS !

PAR-DON ! JE TE DEMANDE PARDON, TSUKASA !!
JE ME DEMANDE COMMENT JE VAIS BIEN POUVOIR EXPLIQUER À MES PARENTS CE QUI S'EST PASSÉ !
PUISQUE JE NE TE CAUSE QUE DES ENNUIS, JE PRÉFÈRE RENTRER CHEZ MOI
MM ?
QU'EST-CE QUE TU FAIS AVEC LE STRING DE MA MÈRE DANS LES MAINS ?
AH, CE N'EST PAS LE TIEN ?
DÉSOLÉE DE TE DÉCEVOIR MAIS JE N'EN PORTE PAS !
FINALEMENT.
JE NE COMPRENDS PAS CE QUE FAISAIT CE STRING DANS MA MAIN... PAS ÉTONNANT QU'ON ME PRENNE POUR UN VOLEUR DE LINGERIE
REGARDE, IL EST EN SURVÊTEMENT... ON DIRAIT UN PLOUC
REGARDE SA TÊTE D'ABRUTI
COOL, J'AI APERÇU TSUKASA NUE...
MA VISITE CHEZ TSUKASA N'A RIMÉ À RIEN

ICHIGO 100%

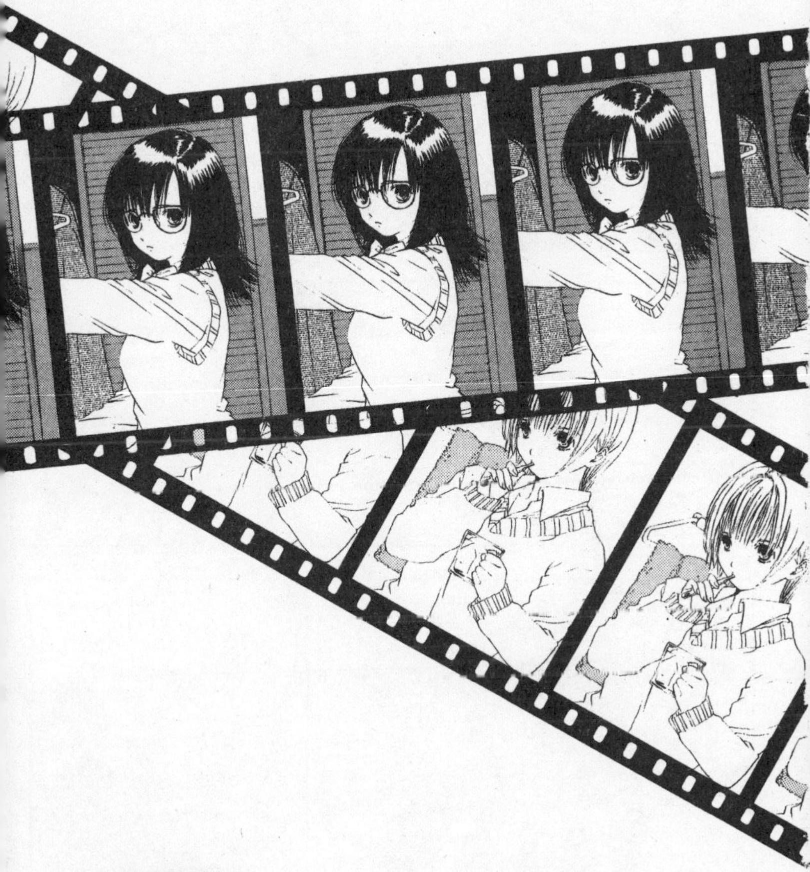

CHAPITRE II :

QUE LA VIE EST DURE !

Mathématiques
HA AH
...
...
J'AI FROID !
JE N'AI PAS BEAUCOUP TRAVAILLÉ, CE WEEK-END
À CE TRAIN-LÀ, JE VAIS ÊTRE RECALÉ

COUCOU
BONJOUR, JUNPEI !
BON... BONJOUR, AYA... TU M'AS FAIT PEUR !
TU M'ATTENDAIS ?
OUI, MAIS JE NE T'AI PAS ATTENDU LONGTEMPS...
EN FAIT, JE...
JE VOULAIS QUE TU LISES LA SUITE DE MON ROMAN ...
JE SUPPOSE QUE TU N'AS PAS LE TEMPS AVEC TOUTES LES RÉVISIONS...

SI, J'AI LE TEMPS... JE LE LIRAI, C'EST PROMIS
TU AURAIS PU ME LE DIRE À L'ÉCOLE AU LIEU DE M'ATTENDRE DANS LE FROID
OUI, JE SAIS...
MAIS
À L'ÉCOLE, IL Y A TOUJOURS PLEIN DE MONDE AUTOUR DE NOUS
SI SEULEMENT ...
ON POUVAIT PASSER PLUS DE TEMPS ENSEMBLE...
HEIN ?
カッ
BEN OUI !
TU ES LE SEUL À SAVOIR QUE J'ÉCRIS UN ROMAN !

C'EST VRAI, J'AVAIS OUBLIÉ CE DÉTAIL
あせせっ
OUAÏE !
ゴッ
OH !
AÏE, AÏE, AÏE ...
ÇA VA, JUNPEI ?
TU DEVRAIS REGARDER DEVANT TOI QUAND TU MARCHES...
NE T'INQUIÈTE PAS, JE VAIS BIEN
SST
TU AS UNE MARQUE ROUGE, ICI...

ON ...
ON Y VA ? ILS DOIVENT DÉJÀ ÊTRE ARRIVÉS
OUI...
J'AI PANIQUÉ ...
SA MAIN ÉTAIT SI FROIDE QUAND ELLE S'EST POSÉE SUR MON FRONT
IL FAIT FROID AUJOUR-D'HUI
POURTANT, ILS AVAIENT ANNONCÉ UN HIVER DOUX
TOUT D'UN COUP. JE ME SUIS SENTI SI TRISTE...
AH BON ?
J'AI EU ENVIE DE LA PRENDRE DANS MES BRAS MAIS EN VAIN...

AYA EST AMOUREUSE DE MOI
C'EST CE QU'A DIT OKUSA
MAIS C'EST IMPOSSIBLE ET CELA RESTERA UN RÊVE QUI NE SE RÉALISERA JAMAIS
JE N'AI PAS LE DROIT D'Y PENSER
PARCE QUE JE SUIS LE PETIT AMI DE TSUKASA
VOUS EN AVEZ MIS, DU TEMPS !
ON NE VOUS A PAS ATTENDU POUR COMMENCER
JE CROYAIS QUE TU AVAIS EU UNE PANNE DE RÉVEIL COMME KOMIYAMA... VOUS ÊTES VENUS ENSEMBLE ?

ON S'EST CROISÉS SUR LE CHEMIN DE L'ÉCOLE
PAS VRAI, AYA ?
OUI, EN EFFET
AH OUAIS ?
AU FAIT, JUNPEI...
OUI, TSUKASA ?
ON LEUR RACONTE CE QUI S'EST PASSÉ ?
TU SAIS, VENDREDI SOIR, CHEZ MOI...
ELLE VEUT PARLER DE L'INCIDENT DU VOLEUR DE LINGERIE ?
NON, PAS QUESTION !
J'AI ENVIE DE PRÉSERVER LE PEU DE FIERTÉ QUI ME RESTE !
ALORS COMME ÇA, VOUS AVEZ DES PETITS SECRETS
OUI, C'EST ÇA, DES SECRETS
EUH ?

CE N'EST PAS DU TOUT CE QUE TU CROIS !
JE N'AI RIEN DIT DE TEL
ON DIRAIT QUE TU N'AS PAS LA CONSCIENCE TRANQUILLE... QU'EST-CE QU'IL A FAIT, TSUKASA ?
C'ÉTAIT UN MALEN-TENDU !
JE NE SAVAIS PAS QUE TU AVAIS ÉTÉ INVITÉ CHEZ ELLE
EN EFFET, SON COMPOR-TEMENT AURAIT PU ÊTRE LOUCHE
JE L'AI INVITÉ À RÉVISER CHEZ MOI
FINALEMENT, IL N'ÉTAIT PLUS QUESTION DE RÉVISION... JE BRÛLE D'ENVIE DE TOUT VOUS RACONTER !
VAS-Y, TSUKASA, LÂCHE-TOI !
JE T'EN SUPPLIE, N'EN DIS PAS PLUS !

JE SUIS PERSUADÉ QU'AYA EST EN TRAIN DE S'IMAGINER LE PIRE...
POURQUOI INSISTER S'IL NE VEUT PAS EN PARLER ?
スッ
... ...
LE TEMPS PRESSE... NOUS DEVONS RÉVISER SÉRIEUSEMENT
TU AS RAISON !
NE NOUS ATTARDONS PAS SUR DES SUJETS QUI N'EN VALENT PAS LA PEINE
JE VAIS CONTINUER AVEC OKUSA... TU N'AS QU'À BOSSER AVEC AYA
JE L'AI TROU-VÉE...
TRÈS SÈCHE DANS SES PROPOS
L'AMOUR PEUT-IL RENDRE UNE PERSONNE AUSSI FROIDE ?
EH BIEN,
SI NOUS COMMENCIONS PAR L'HISTOIRE ?
OUI, D'ACCORD ...

C'EST PATHÉTIQUE !
ELLE POURRAIT TIRER UN TRAIT SUR CETTE HISTOIRE ANECDOTIQUE DU VOLEUR DE LINGERIE !
JE N'AI PAS ENVIE QUE ÇA SE SACHE... QU'AYA LE SACHE !
C'EST UNE FILLE TELLEMENT SÉRIEUSE...
QU'ELLE SERAIT CAPABLE DE NOUS METTRE SUR LA TOUCHE RIEN QU'EN ENTENDANT PARLER DE SUJETS OBSCÈNES
JUNPEI,
TU M'ÉCOUTES ?
OUI, OUI... 1192, ÉPOQUE KAMAKURA !
TU POURRAIS AU MOINS AVOIR LA POLITESSE D'ÊTRE ATTENTIF !
...
...
...
Tu viendras lire la suite de mon roman après les cours ?
HEIN ?

BIEN SÛR !
ZUT. J'AI PARLÉ TOUT HAUT !
WOUAH
UN SOURIRE DE RÊVE !
J'ADORE QUAND ELLE SOURIT...
JUNPEI...
TU REVIENDRAS CHEZ MOI ?
JE T'INVITERAI À MANGER, D'ACCORD ?
POUF
TU VERRAS, TON ESTOMAC EN REDEMANDERA !

...
...
...
NE ME PARLE PLUS JAMAIS DE CUISINE
TU AS UN SACRÉ TOUPET, TOI !
AÏE
QU'EST-CE QUI T'A PRIS ?
JE SUIS DÉSOLÉE, OKUSA !
PARDON, PARDON
ELLE A UN PROBLÈME ?
AU FAIT, TSUKASA !
AUJOURD'HUI, JE NE RENTRERAI PAS AVEC TOI
POURQUOI ? JE PEUX T'ATTENDRE, SI TU VEUX
C'EST GENTIL MAIS JE RISQUE D'EN AVOIR POUR LONGTEMPS
COMME TU VOUDRAS
TANT PIS, JE RENTRERAI TOUTE SEULE
DÉSOLÉ, TSUKASA...
...
NE T'EN FAIS PAS POUR MOI

...
...
...
C'EST MA FAUTE SI JE L'AI RENDUE TRISTE
HEIN ?
LAISSE TOMBER... ON VA SUR LA TERRASSE ?
JE ME SENS TELLEMENT COUPABLE...
CE SERAIT PLUTÔT À MOI DE L'ÊTRE !
MAIS BIZARREMENT, JE NE ME SENS PAS DU TOUT FAUTIF !
ALLEZ !
ON N'A PAS BEAUCOUP L'OCCASION DE PARLER DE TON ROMAN
C'EST VRAI, ÇA !
CE N'EST POURTANT PAS L'ENVIE QUI M'EN MANQUAIT !
LE TEMPS PASSE TELLEMENT VITE...
OUI

TU AS RAISON
J'AI EU PEUR !
JUSTE AU MOMENT OÙ J'ALLAIS OUVRIR LA PORTE, ELLE S'EST OUVERTE !
TSUKASA, JE CROYAIS QUE...
T'INQUIÈTE, JE PARS TOUT DE SUITE
J'AVAIS SEULEMENT OUBLIÉ DE TE REMETTRE QUELQUE CHOSE
TIENS !
TU AS OUBLIÉ ÇA CHEZ MOI ET CROIS-MOI, ÇA M'A FAIT TOUT DRÔLE DE TOMBER DESSUS !
IL EST PASSÉ À LA MACHINE ! À DEMAIN !
COMMENT ÇA ?
QU'EST-CE QUE J'AI PU OUBLIER CHEZ ELLE QUI EST PASSÉ À LA MACHINE ?

はっ
ばーん
MON CALEÇON ?!
J'AVAIS COMPLÈTEMENT OUBLIÉ QUE JE L'AVAIS SALI !
TU AS OUBLIÉ TON CALEÇON CHEZ ELLE ?
TU AS ENLEVÉ TON CALEÇON CHEZ TSUKASA ?
OH LÀ LÀ ! ON N'A PAS LE DROIT DE FAIRE ÇA QUAND ON EST AU COLLÈGE !
ATTENDS !
AYA, LAISSE-MOI T'EXPLIQUER !!

TU ES DÉGOÛTANT, JUNPEI !
AY...
CE N'EST PAS CE QUE TU CROIS
JE VAIS TOUT T'EXPLIQUER !
VICIEUX !
PERVERS !
VICE-LARD !
SES CHEVILLES COMMENÇAIENT À GONFLER
ALORS JE LUI AI DIT QU'ELLE ÉTAIT LOIN D'ÊTRE AUSSI BELLE QUE TOI
QUOI ?
J'AIMERAIS BIEN QUE TU CESSES DE PARLER DE MOI DANS TON COLLÈGE

OÙ EST LE MAL ?
ELLES N'ARRÊTENT PAS DE DIRE QUA MA SŒUR EST BELLE !
ELLES EN CRÈVENT DE JALOUSIE !
IL N'Y A PAS PIRE QUE LA JALOUSIE CHEZ UNE FILLE !
TU TROUVES ÇA LAID, D'ÊTRE JALOUSE ?
POURQUOI ?
DE QUI ES-TU JALOUSE ?
NE ME DIS PAS QUE TU ES AMOUREUSE !
T'ES MALADE !
MAIS NON, RASSURE-TOI !
IL N'Y A PAS DE PLACE POUR L'AMOUR QUAND IL Y A UN EXAMEN DANS PAS LONGTEMPS !
... ...
OUA AH ...

HAH
HAH
HAH
IL FAUT ABSOLUMENT QUE JE LUI EXPLIQUE CE QUI S'EST RÉELLEMENT PASSÉ !
HAH
HAH
TSUKASA AURAIT PU PRENDRE SES PRÉCAUTIONS
POURQUOI VOULOIR ME RENDRE ÇA À TOUT PRIX À L'ÉCOLE ?
HAH
UNE LETTRE ?
CE DOIT ÊTRE AYA...
Désolée,
Je ne reviendrai pas
travailler avec vous
Aya Tojo
OH NON !

ICHIGO 100%

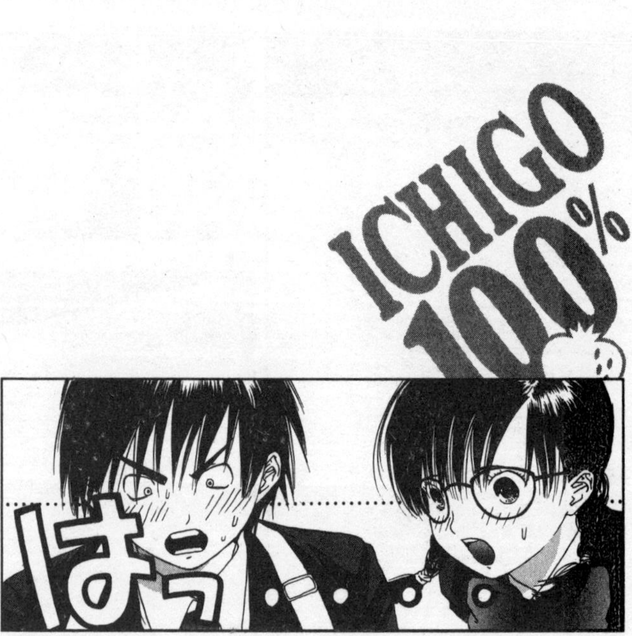

"DÉSOLÉE"
CHAPITRE 12 : CHASSÉ-CROISÉ DES SENTIMENTS
POUR-QUOI ?
TU DIS QU'ELLE NE VEUT PLUS VENIR AUX RÉVISIONS DU MATIN ?
"JE NE REVIENDRAI PAS TRAVAILLER AVEC VOUS"
POUR UNE FOIS QUE JE SUIS LÀ À L'HEURE !
EST-CE QUE TU EN CONNAIS LA RAISON ?
EH BIEN ...
C'EST-À-DIRE QUE...
ELLE EST OBLIGÉE DE SORTIR LE CHIEN QU'ON VIENT DE LUI OFFRIR...
C'EST UN PEU TIRÉ PAR LES CHEVEUX...
"AYA TOJO"
BIEN ÉVIDEMMENT
Pour Junpei
ELLE NE PARLE PAS DE CHIEN DANS SA LETTRE

CHAPITRE 12 : CHASSÉ-CROISÉ DES SENTIMENTS

QUEL DOMMAGE !
AYA AVAIT RÉUSSI À ME MOTIVER À VENIR GRÂCE À SES EXPLICATIONS LIMPIDES
うおーんん
COMMENT AS-TU PU CHOISIR DE T'OCCUPER D'UN CHIEN ET ME LAISSER SEUL, AYA !
J'EN AURAIS FAIT AUTANT, MON PAUVRE KOMIYAMA
DEPUIS QUAND TU DÉNIGRES TES POTES, OKUSA ?
C'EST BON
...
...
IL Y A EU UN MALEN-TENDU
TOUT ÇA POUR UNE HISTOIRE DE CALEÇON OUBLIÉ CHEZ TSUKASA !
JE COMPRENDS LA RÉACTION D'AYA. IL Y A DE QUOI SE FAIRE DES IDÉES !

SI SEULEMENT JE N'AVAIS PAS OUBLIÉ CE SATANÉ CALEÇON !
JE SUIS L'AUTEUR DE CE MAUDIT MALENTENDU !
ELLE A FRANCHEMENT LES IDÉES TORDUES... MAIS NON. QUE DIS-JE ? TOUT EST MA FAUTE ! ♡
ゴッ
ゴッ
ゴッ
?
QU'EST-CE QUE TU FAIS ?
À CE SOIR !
ON RENTRE ENSEMBLE, D'ACCORD ?
... ...
TU N'AS PAS L'AIR EN FORME
ÇA MARCHE POURTANT BIEN ENTRE VOUS... TU POURRAIS LUI FAIRE UN SOURIRE
JE VOIS
TU PENSES À AYA, PAS VRAI ?
!
D'AILLEURS, J'AI UN PEU DE MAL À GOBER CETTE HISTOIRE DE CABOT
HEIN ?
POURQUOI TU DIS ÇA ?
JE VAIS ALLER LUI DEMANDER COMMENT ELLE A APPELÉ SON TOUTOU

SI TU FAIS ÇA... JE...
ELLE EST JUSTEMENT LÀ !
SALUT, AYA !
J'AI UNE QUESTION À TE POSER...
ぱっ
!
POURQUOI ELLE EST PARTIE ?

ELLE N'A MÊME PAS ENVIE DE ME VOIR...
C'EST MALIN !
TU ES VRAIMENT NUL AVEC LES FILLES, JUNPEI
TU POURRAIS ÊTRE PLUS CLAIR ?
EXPLIQUE-TOI ! D'AILLEURS, JE NE SAIS PLUS SI TU ES MON AMI OU MON ENNEMI !
C'EST MAINTE-NANT QUE TU TE RÉVEILLES ?
J'AI TOUJOURS ÉTÉ AMOUREUX DE TSUKASA
J'AI SOUVENT EU ENVIE DE SEMER LA ZIZANIE ENTRE VOUS
QUOI ?
TU NE VOIS PAS QUE JE TE FAIS MARCHER ?
LAISSE TOMBER TOUTES CES HISTOIRES ET CONCENTRE-TOI SUR TES RÉVISIONS !

SANS RIEN AJOUTER D'AUTRE, IL A REGAGNÉ SA PLACE
JE SUIS DANS LE BROUIL-LARD
JE N'ARRIVE TOUJOURS PAS À COMPRENDRE CE TYPE AU BOUT DE 5 ANS D'AMITIÉ...
JE DEVRAIS ALLER SUR LA TERRASSE
À L'HEURE DU DÉJEUNER...
FINA-LEMENT,
JE N'AI PAS CESSÉ DE PENSER À AYA
ぴゅううう・・・

J'ÉTAIS PERSUADÉ DE LA TROUVER LÀ, À CETTE HEURE-CI...
ELLE DOIT ÊTRE EN TRAIN DE POTASSER SON CONCOURS POUR ENTRER AU LYCÉE OHMI...
... ...
びょおおおお
J'AI FROID
IL FAISAIT AUSSI BEAU QU'AUJOURD'HUI, LE JOUR OÙ ON ÉTAIT RESTÉS LÀ À BAVARDER
MAIS IL NE FAISAIT PAS AUSSI FROID...
ÇA CAILLE !
JE VAIS RETOURNER EN CLASSE, ÇA NE SERT À RIEN DE RESTER PLUS LONGTEMPS !
DE TOUTE FAÇON, ELLE N'A PAS L'AIR D'ÊTRE VENUE !
... ...

… … …
JUNPEI, TU M'AS DÉÇUE !
LES JOURS PASSENT
AYA ME FUIT TOUJOURS AUTANT
J'AI DE MOINS EN MOINS LE COURAGE D'ALLER M'EXPLIQUER AUPRÈS D'ELLE

NOUS FINISSONS PAR NOUS CROISER
SANS MÊME NOUS REGARDER
LES AUTRES CONTINUENT À VENIR AUX RÉVISIONS DU MATIN
DÉSORMAIS, ON NE SERA PLUS QUE TROIS !
KOMIYAMA M'A DIT QU'IL NE REVIENDRA PAS TANT QU'AYA SERA ABSENTE
C'EST POURTANT LUI QUI A LE PLUS DE DIFFICULTÉS !
C'EST LE MONDE À L'ENVERS, MA PAROLE !
LOGIQUEMENT, C'EST LUI QUI DEVRAIT ÊTRE LÀ, À BOSSER AVEC NOUS ET PAS TOI !
C'EST PAS SÉRIEUX !
HEUREUSEMENT QUE JE SUIS BON EN SCIENCE ET TSUKASA EN LETTRES
PARCE QUE JE ME DEMANDE CE QUE TU FERAIS SANS NOUS !
AÏE !
AH AH AH AHA

DEPUIS NOTRE DERNIÈRE CONVERSATION, OKUSA N'A RIEN AJOUTÉ DE PLUS...
CE N'ÉTAIT PEUT-ÊTRE PAS UN LEURRE. OKUSA EST SANS DOUTE AMOUREUX DE TSUKASA
S'IL NE LUI DÉCLARE PAS SA FLAMME,
CE DOIT ÊTRE PAR ORGUEIL...
HEIN ?
QUI EST ORGUEIL-LEUX ? TOI ?
IMPOSSIBLE !
HEIN... EUH... NON, JE... EUH...
EST-CE QUE J'AURAIS DIT HAUT ET FORT LE FOND DE MA PENSÉE ?
JE TE CONSEILLE DE TE RESSAISIR ET DE DESCENDRE SUR TERRE !
LES EXAMENS DE PRÉSÉLECTION COMMENCENT DEMAIN ET À CE TRAIN-LÀ, TU RISQUES DE TE RETROUVER À LA RUE POUR DE BON !
EUH, OUI...

BOUGE-TOI !
RESPIRE UN BON COUP ET DIS À VOIX HAUTE QUE TU VAS Y ARRIVER !
JE...
JE VAIS Y ARRIVER
TRÈS BIEN !
MÊME SI CE N'EST QU'UNE PRÉSÉLECTION, C'EST IMPORTANT ! TU NE DOIS RIEN PRENDRE À LA LÉGÈRE, C'EST COMPRIS ?
J'AIME SON CÔTÉ OPTI-MISTE
C'EST POURQUOI JE SERAIS TRISTE DE LA VOIR PARTIR DANS LES BRAS D'OKUSA... MAIS...

JE N'ARRIVE PAS À EXPLIQUER
POURQUOI JE LA COMPARE TOUJOURS À AYA...
LOCATION DE VIDEO ABE
SHOP
IL N'Y A QUE DES NAVETS...
OCCASION, TOUT 100 ¥
À CE PRIX-LÀ, JE NE PERDS RIEN
S'IL VOUS PLAÎT
CELA VOUS FERA 105 YENS, TAXES COMPRISES

JUNPEI !!
IL ME SEMBLE QUE LES EXAMENS DE PRÉSÉLECTION COMMENCENT DEMAIN, N'EST-CE PAS ?
CE N'EST VRAIMENT PAS LE MOMENT DE REGARDER LA TÉLÉVISION !
T'INQUIÈTE, J'ASSUME
J'ESPÈRE QUE TU ASSUMERAS AUSSI BIEN SI TU ES RECALÉ !
CHÉRI, C'EST ENCORE TON FILS !
PFF FFF
DE TOUTE FAÇON, JE NE POURRAI PAS DESCENDRE PLUS BAS
CE SOIR-LÀ, JE REGARDAIS UN FILM SANS INTÉRÊT
UNE HISTOIRE D'AMOUR TISSÉE DANS UNE TRAME D'ESPIONNAGE
LA SEULE RÉPLIQUE QUI M'A BOULEVERSÉ EST CELLE QU'A PRONONCÉ LE PÈRE DE LA FIANCÉE DU HÉROS
"L'AMOUR NAÎT QUAND ON S'Y ATTEND LE MOINS"

LA LISTE DES LYCÉES QUI NOUS SONT IMPOSÉS A ÉTÉ RENDUE OFFICIELLE
わい
わい
ON EST SAUVÉS, JUNPEI ! AU PIRE DES CAS, LE LYCÉE SHUEI NOUS ACCEPTE À LA RENTRÉE !
RIEN N'EST OFFICIEL ET ON DOIT ENCORE TENTER NOTRE CHANCE POUR ENTRER À IZUMIZAKA
FAUT PAS DÉSES-PÉRER ♡
POUR-QUOI ?
AYA, TU N'AS PAS POSTULÉ POUR LE LYCÉE OHMI ?
NON
JE CROYAIS QUE TU REGARDAIS LE TABLEAU DES ÉLÈVES INSCRITS POUR OHMI ! TU VEUX ALLER DANS QUEL LYCÉE ?
JE LE GARDE POUR MOI...
FINALEMENT, J'AI CHOISI D'ALLER DANS LE PUBLIC.

はっ…
BO BOM
ぷいーっ
POURQUOI MON CŒUR BAT-IL SI FORT ?
ELLE N'A TOUJOURS PAS DIT QU'ELLE IRAIT À IZUMIZAKA !
MOI, JE SAIS CE QUE JE VEUX !!
J'AI UN TAS DE CHOSES À FAIRE À IZUMIZAKA !
ÇA VA PAS DE HURLER COMME ÇA ?!

DU TONKATSU[1] AU PETIT DÉJEUNER ?
OUI, J'EN AI PRÉPARÉ POUR TOUS LES REPAS... D'AILLEURS, ON EN MANGERA JUSQU'AUX RÉSULTATS DE LA PRÉSÉLECTION !
IL FAUT TOUJOURS SE DÉCAR-CASSER POUR SES ENFANTS !
PAPA
SUIS-JE VRAIMENT OBLIGÉ D'EN MANGER TOUS LES JOURS ?
ON COMMENCE TOUJOURS PAR LE PIED DROIT ! LE DROIT !
C'EST UNE VIEILLE TRADITION CHEZ LES MANAKA !
LÂCHE-MOI LA GRAPPE ! À CE SOIR !
REGARDEZ, C'EST LE LYCÉE IZUMIZAKA !
J'ESPÈRE QUE NOS EFFORTS VONT PORTER LEURS FRUITS ET QU'ILS NOUS PERMETTRONT DE FAIRE NOTRE RENTRÉE ICI !

[1] porc pané

ザワ
BON COURAGE, MANAKA !
OU... OUAIS !
ザワ
ザワ
ザワ
ザワ
REGARDE C'TE NANA... ELLE EST CANON !
ELLE VIENT DE QUEL COLLÈGE ?

J'AIMERAIS BIEN CONNAÎTRE SON NOM...

ICHIGO 100%

CHAPITRE 13 :
LE RETOUR
DE LA FILLE
MYSTÉRIEUSE

REGARDE CETTE FILLE !
COMME ELLE EST MIGNONNE ! ON DIRAIT UNE VEDETTE DE LA TÉLÉ !
LES GARS, ON DOIT IMPÉRATIVEMENT ÊTRE ADMIS ICI !

C'EST PAS ELLE
NI ELLE
NON PLUS
RIEN À VOIR !
"FINALEMENT, J'AI CHOISI D'ALLER DANS LE PUBLIC"
...
...
...
VA-T-ELLE VENIR ?
IL Y A PLEIN DE FILLES AUX CHEVEUX LONGS QUI PORTENT DES LUNETTES, MA PAROLE !

J'AVAIS LA SINCÈRE CONVICTION QU'AYA PASSERAIT LE MÊME CONCOURS QUE MOI
UNE FOIS DE PLUS, J'AI PRIS MES RÊVES POUR LA RÉALITÉ
ELLE NE POSE MÊME PLUS SON REGARD SUR MOI !
!!
AYA ?
AYA !
HEIN ?
AYA !

AY...
びーーん
WOAH !
ちゃ
ベ
HÉ !
ÇA VA, JUNPEI ?
OUI, OUI... ÇA VA
ムク
BOUFFON
...
...
...
JUNPEI
ALLEZ, DEBOUT !
TU AS SALI TON UNIFORME
ÇA PORTE LA POISSE DE TOMBER JUSTE AVANT UN EXAMEN
IL VA SÛREMENT ÊTRE RECALÉ, HÉHÉ
くすくす

POURQUOI PERDRAIT-ELLE SON TEMPS À PASSER LE CONCOURS D'IZUMIZAKA
QUAND ELLE PEUT PLACER LA BARRE PLUS HAUT EN CIBLANT UN LYCÉE AU NIVEAU PLUS ÉLEVÉ ?
TU AS CRU QUE C'ÉTAIT AYA ?
TU TE SERAIS RENDU COMPTE DE TON ERREUR SI TU AVAIS PRIS LE TEMPS DE REGARDER SON UNIFORME ET PUIS...
C'ÉTAIT PLUS FORT QUE MOI...
PARS DEVANT,
JE DOIS REFAIRE MON LACET
D'AC-CORD
JE ME SUIS RENDU COMPTE D'UNE CHOSE
LE PHYSIQUE N'EST PAS UN CRITÈRE DE SÉLECTION
CETTE FILLE RENFERME EN ELLE DES TAS DE QUALITÉS BIEN PLUS IMPORTANTES

ÇA ME FAIT DE LA PEINE, POUR TSUKASA
MAIS CELLE QUI A TOUCHÉ MON CŒUR EST...

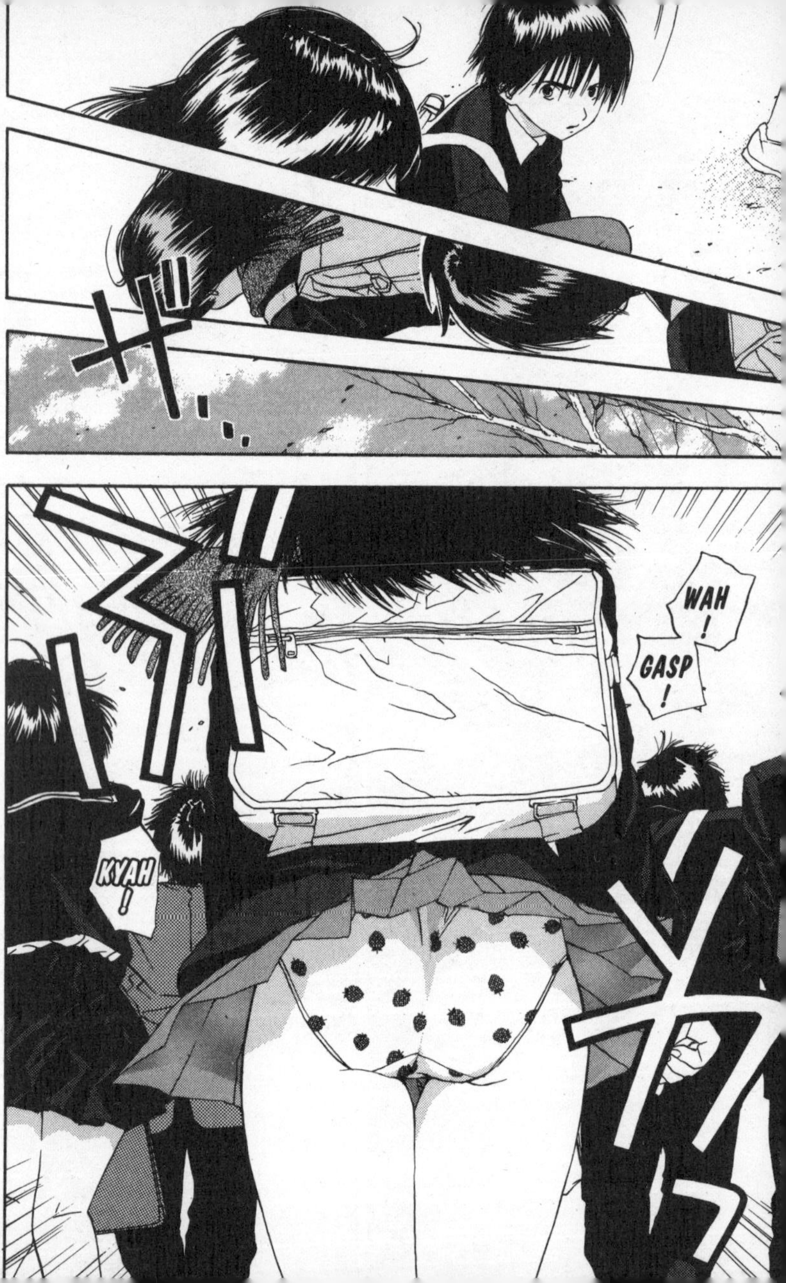
WAH!
GASP!
KYAH!

...
...
HEIN ?
DES FRAISES ...
LA FILLE À LA CULOTTE À FRAISES ?

AH... AH...
SNIF
HÉ !!
ATTENDS !

VOUS AVEZ VU CE QUE J'AI VU ?
DES FRAISES ! ELLE AVAIT DES FRAISES !
MISÉRICORDE !
ÇA FAIT UN PEU RINGARD...
QUOI ? MAIS MOI J'ADORE ! VIVE LES CULOTTES À FRAISES !
OUAH~ QUEL SPECTACLE SUBLIME~ ♡
CETTE ...
CETTE SCÈNE ...
C'ÉTAIT LA MÊME QUE J'AI VUE SUR LA TERRASSE DE L'ÉCOLE !
IL NE M'EN RESTE QU'UN SOUVENIR TRÈS FLOU MAIS JE LA RECONNAÎTRAIS ENTRE MILLE !

ELLE ARRIVE TROP TARD !
TU EN AS MIS DU TEMPS !
MOI, JE SUIS DANS LA SALLE DU TROISIÈME ÉTAGE
ÇA M'INQUIÈTE D'ÊTRE TOUTE SEULE, LÀ-HAUT
CETTE RENCONTRE INOPINÉE M'A POUSSÉ À FAIRE MA DÉCLARATION À TSUKASA ET À SYMPATHISER AVEC AYA
DONNONS LE MEILLEUR DE NOUS-MÊMES, D'ACCORD ?
ELLE PLEURAIT QUAND NOS REGARDS SE SONT CROISÉS...
JE NE SAIS PLUS OÙ J'EN SUIS
QUI EST CETTE FILLE ?

MES YEUX N'ARRÊTENT PAS DE PLEURER AVEC CETTE MAUDITE POUSSIÈRE !
C'EST À CAUSE DU COUP DE VENT DE TOUT À L'HEURE
SI SEULEMENT JE N'AVAIS PAS CASSÉ MES LUNETTES ...
JE N'AURAIS PAS EU À METTRE MES LENTILLES LE JOUR DE L'EXAMEN
NUMÉRO DE CANDIDAT :
0173
COLLÈGE PUBLIC IZUMIZAKA
AYA TOJO
LYCÉE IZUMIZAKA
EN PLUS. MA JUPE S'EST SOULEVÉE JUSTE SOUS LES YEUX DE JUNPEI...
BON, IL VA FALLOIR QUE JE ME CONCENTRE SUR MON EXAMEN
CETTE FILLE PASSE AUSSI LE CONCOURS POUR IZUMIZAKA ?
ET AYA, QUE FAIT-ELLE ?

CE QUI ME FERAIT LE PLUS PLAISIR
C'EST D'ENTRER DANS CE LYCÉE AVEC AYA !
SALUT, JUNPEI ! J'AI CRU QUE TU N'ALLAIS PAS VENIR
KOMI-YAMA ?
SI TU VEUX ME PARLER D'ANTI-SÈCHE, VA VOIR AILLEURS, JE NE VEUX PRENDRE AUCUN RISQUE !
PAUVRE TACHE, VA !
REGARDE PLUTÔT QUI VA S'ASSEOIR DERRIÈRE TOI !
?
JE NE VOIS PERSONNE POUR L'INSTANT...

EN ATTENDANT, J'AI VU QUE LE MEILLEUR ÉLÈVE DU GROUPE 5 DE NOTRE COLLÈGE ÉTAIT PRÉSENT
BIZARRE... JE CROYAIS QU'ON N'ÉTAIT QUE QUATRE DE NOTRE GROUPE À PASSER CE CONCOURS
À MON AVIS,
AYA A RENONCÉ À OHMI POUR VENIR PASSER LE CONCOURS AVEC NOUS !
JE SUIS HEUREUX DE SAVOIR QU'ELLE A FAIT CETTE DÉMARCHE PAR AMOUR POUR MOI ! ♡
L'EXAMEN VA BIENTÔT COMMENCER ET LA PLACE EST TOUJOURS VIDE...
TU PARLES ! DEMANDE-TOI D'ABORD SI TU AS VRAIMENT LE NIVEAU POUR ENTRER DANS CE LYCÉE !
JE NE L'AI PAS !
JE COMPTE SUR LA FORCE DE L'AMOUR ET LA CHANCE POUR COCHER LES BONNES RÉPONSES !
T'ES VRAIMENT NUL !
... ...

EST-CE VRAIMENT AYA QUI DOIT OCCUPER CETTE PLACE ?
CELA SIGNIFIERAIT-IL QU'ELLE ÉPROUVE ENCORE QUELQUE CHOSE POUR MOI ?
DOIS-JE ENCORE ESPÉRER ET CROIRE EN MON DOUX RÊVE ?
MÊME SI ELLE NE M'AIME PLUS, J'AIMERAIS TELLEMENT QU'ELLE VIENNE !
JE NE DEMANDE QU'À CONTINUER À PASSER DES MOMENTS AGRÉABLES AVEC ELLE... JUSTE ÇA...
AYA, VIENS... TU VAS VENIR... VIENS, VIENS !
MON DIEU, FAITES QU'UN MIRACLE SE PRODUISE !
ガラッ

L'EXAMEN VA COMMENCER
MUNISSEZ-VOUS DE VOTRE TROUSSE ET LAISSEZ VOS AFFAIRES DANS LE COULOIR
ELLE N'EST PAS VENUE ...
VOUS POUVEZ COMMENCER !
TANT PIS
まなか じゅんぺい
Junpei Manaka
たっ
たっ
たっ
JE DOIS ME CONCENTRER
VEUILLEZ EXCUSER MON RETARD !

JE SUIS AYA TOJO, CANDIDATE N°173
J'AI DÛ PASSER À L'INFIRMERIE À CAUSE DE MA LENTILLE... EXCUSEZ-MOI !
DÉPÊCHEZ-VOUS DE GAGNER VOTRE PLACE, MADEMOISELLE

A...
AYA ?
JEUNE HOMME, ASSEYEZ-VOUS OU JE VOUS FAIS SORTIR !
REMETTEZ-VOUS AU TRAVAIL !
AYA...
C'EST VRAIMENT ELLE ?

ICHIGO 100%

CHAPITRE 14 :

CONFUSION TROUBLANTE

C'EST VRAIMENT AYA ?
ELLE N'A STRICTEMENT RIEN À VOIR AVEC LA AYA QUE JE CONNAIS !
C'EST LA FILLE À LA CULOTTE À FRAISES !
UN VRAI CASSE-TÊTE, CETTE HISTOIRE !
JE TREMBLE TELLEMENT QUE JE N'ARRIVE PLUS À ÉCRIRE !
ブル ブル

L'AMOUR ...
J'IGNORE CE QUE ÇA IMPLIQUE RÉELLEMENT MAIS JE ME RETROUVE À AIMER DEUX FILLES
LA PREMIÈRE A ÉTÉ UN VRAI COUP DE FOUDRE
ET L'AUTRE... J'AI APPRIS À LA CONNAÎTRE AU FIL DU TEMPS
C'EST INCROYABLE ...

REPRÉ-SENTENT-ELLES LA MÊME PERSONNE ?
LA FILLE ASSISE DERRIÈRE MOI EST-ELLE VRAIMENT...
QU'EST-CE QUE JE VAIS ENCORE M'IMAGINER... HAHAHA
...
...
...

JE SUIS EN PLEIN EXAMEN ET JE NE DOIS PAS ME DÉCONCENTRER
CE N'EST QUE TOJO QUI EST DERRIÈRE MOI, SANS LUNETTES NI QUEUE DE CHEVAL
... ...
MAIS...
LE JOUR OÙ J'AI RENCONTRÉ CETTE FILLE, SUR LA TERRASSE ...
J'AVAIS RETROUVÉ LE CAHIER D'AYA
Mathématiques
Aya Tojo, 3e-4
LOGIQUEMENT, IL AURAIT DÛ S'AGIR D'ELLE... ET SI C'ÉTAIT LE CAS ?

ALORS, JE SUIS LE TYPE LE PLUS NUL DE TOUT L'UNIVERS !
QUELLE PERSPI-CACITÉ, ÇA FAIT PEUR !
MON RÊVE SE TROUVAIT TOUT PRÈS DE MOI ET JE NE ME SUIS APERÇU DE RIEN !
OUINNNNNN !
?
PAS SI VITE...
IL NE FAUT JAMAIS PRENDRE DE DÉCISIONS HÂTIVES
RIEN N'EST ENCORE SÛR. JE N'AI PAS EU LE TEMPS D'OBSERVER DE PRÈS LE VISAGE D'AYA !

BON SANG ...
SI SEULEMENT JE POUVAIS JETER UN ŒIL...
JUSTE UN PETIT COUP D'ŒIL, LÀ, MAINTENANT !
ガタガタ
↑ SIGNE DE NERVOSITÉ
ET SI JE FAISAIS TOMBER MA GOMME ?
MOMO
ぽ
BLOP
VOUS, LÀ-BAS !
IL EST INTERDIT DE SE RETOURNER !
... ...
J'AI CRU QUE MON VOISIN DE DERRIÈRE AVAIT EU UNE INTENTION MALHONNÊTE ET...
LA PROCHAINE FOIS, JE VOUS METS DEHORS, C'EST COMPRIS ?

TIENS ?
C'EST VOTRE GOMME ?
EUH, OUI...
VOUS NE DEVEZ EN AUCUN CAS PRENDRE L'INITIATIVE DE RAMASSER QUOI QUE CE SOIT SANS MON AUTORISATION !
LE CAUCHE-MAR !
SI VOUS AVEZ UN SOUCI QUELCONQUE, MANIFESTEZ-VOUS EN LEVANT LA MAIN !
BONG
KOMIYAMA, QU'EST-CE QUI T'A PRIS DE TE RETOURNER !
FICHE-MOI LA PAIX !
BON SANG
ÇA ME TURLUPINE SINCÈREMENT, CETTE HISTOIRE
DU JOUR AU LENDEMAIN, LA FILLE QUE J'AIME APPARAÎT DEVANT MOI, MILLE FOIS PLUS BELLE

JAMAIS, JE NE ME L'ÉTAIS IMAGINÉE AINSI...
SANS LUNETTES ...
C'EST AUSSI SIMPLE QUE ÇA
問一
問二
問三
問四
……
J'ADORE LA REGARDER QUAND ELLE EST PLONGÉE DANS L'ÉCRITURE DE SON ROMAN
ARRÊTE DE ME REGARDER, ÇA ME TROUBLE ♡
J'AI UNE FORTE IMAGE D'ELLE AVEC SES LUNETTES SUR LE NEZ
QUANT À LA FILLE À LA CULOTTE À FRAISES, ELLE NE PORTAIT PAS DE LUNETTES
RHÂÂÂÂH, CETTE MAUDITE PETITE CULOTTE À FRAISES !
ÇA TE VA, COMME ÇA ? ♡

JE PARLE DE CINÉMA AVEC UNE TOJO QUI PORT DES LUNETTES
GNNN
ぽよーん
ON IRAIT AU CINOCHE, AU MUSÉE OU À LA BIBLIOTHÈQUE ENSEMBLE
MAIS C'EST UNE TOJO SANS LUNETTES QUE JE FILMERAIS
はきゅーん
FLOP
JE M'ENFERMERAIS AVEC ELLE DANS SA CHAMBRE... LE BONHEUR !
ごぶっ

JE N'ARRIVE PLUS À ME CONTRÔLER !
HAH
HAH
C'EST IMPOSSIBLE. COMMENT CHOISIR ENTRE LES DEUX TOJO ?
HAH
J'AIMERAIS TELLEMENT LES PRENDRE DANS MES BRAS, TOUTES LES DEUX !
EXCUSEZ-MOI, LES FILLES, JE DÉLIRE COMPLÈTEMENT !
J'ADORE CETTE POITRINE OPULENTE ! ♡♡♡
"JUMP" EST UN MAGAZINE POUR GENTILS GARÇONS ♡

HA HA HA HA ...
IL N'EXISTE QU'UN SEUL ABRUTI SUR TERRE POUR AVOIR DES IDÉES AUSSI COQUINES PENDANT UN EXAMEN
うっとり
ÇA VA BIENTÔT SONNER
JE VAIS POUVOIR DISCUTER AVEC AYA ♡
IDEM
ÇA ME FAIT PENSER QU'ELLE NE M'A PAS PARLÉ DEPUIS DES LUSTRES !
C'EST PAS GRAVE... ATTENDONS QUE ÇA SONNE. ÇA NE DEVRAIT PLUS TARDER ?
OH LÀ LÀ !!
イライラ
ÇA VOUS PREND SOUVENT D'HURLER ? QUE SE PASSE-T-IL ?
C'EST À VOUS QUE JE PARLE, M. JUNPEI MANAKA, N° 172 !

IL NE ME RESTE PLUS QUE 20 MINUTES ET JE N'AI RÉPONDU QU'À CINQ QUESTIONS !
CHUIS UN GROS CRÉTIN !
RASSEMBLEZ LES COPIES DU FOND DE LA CLASSE
L'HORREUR !
POURQUOI TA FEUILLE EST TREMPÉE ?
DÉSOLÉ, J'AI BAVÉ
PFOUAAH
JE ME SUIS DONNÉ TELLEMENT DE MAL POUR PASSER CE CONCOURS
SI J'AVAIS SU QU'AYA S'ÉTAIT FINALEMENT DÉCIDÉE À ENTRER À IZUMIZAKA...

AU FAIT, AYA !
ELLE N'EST PLUS LÀ...
ELLE EST PARTIE SANS MÊME FAIRE ATTENTION QUE JE LUI PARLAIS
ELLE EST P'TÊT ALLÉE AUX TOILETTES
M'ÉVITERAIT-ELLE ENCORE ?
JUNPEI, SI TU RÉVISAIS PENDANT LA PAUSE ?
ILS SONT TOUS PLONGÉS DANS LEUR BOUQUIN !
TU FERAIS MIEUX DE T'IN-QUIÉTER POUR TOI
MOI, JE SUIS TRANQUILLE
J'AI ÇA, AVEC MOI !
MON CRAYON PORTE-BONHEUR !
DES CHIFFRES DE UN À SIX Y SONT GRAVÉS... LE NUMÉRO QUI SORT EST CELUI DE LA RÉPONSE À INSCRIRE !
... ...
MÉTHODE TRÈS DÉPASSÉE...

SI JE TE DISAIS QUE TOUS MES FRÈRES ONT RÉUSSI LEUR CONCOURS D'ENTRÉE GRÂCE À CE CRAYON ?
ACCROCHE-TOI SI TU NE VEUX PAS ÊTRE RECALÉ !
REGARDEZ-LES !
COMMENT PEUVENT-ILS ÊTRE SI DÉCONTRACTÉS ALORS QU'ON EST TOUS PLUS OU MOINS TENDUS ?
REGAGNEZ VOS PLACES, S'IL VOUS PLAÎT !
AYA S'EST DÉBROUILLÉE POUR NE PAS RESTER DANS LA CLASSE
CE QUI M'A PERMIS
D'ENTREVOIR UN PEU SON JOLI VISAGE
SST
À CHAQUE PAUSE
JE N'ARRIVE PAS À LA REGARDER DANS LES YEUX
JE ME SENS GÊNÉ

PARCE QU'ELLE EST TOUJOURS FÂCHÉE
JE N'ARRIVE PAS À M'ENLEVER CETTE IDÉE DE LA TÊTE
ON EST DÉBARRASSÉS !
ON N'A PLUS QU'À ATTENDRE LES RÉSULTATS !
CHUIS VIDÉ
TU TE SENS MAL, JUNPEI ?
EN ANGLAIS... J'AI DÉCALÉ TOUTES LES RÉPONSES PAR RAPPORT AUX QUESTIONS
TU POURRAIS ÊTRE PLUS CLAIR ?
ÇA VEUT DIRE QUE JE ME SUIS RETROUVÉ AVEC UNE CASE RÉPONSE EN PLUS À NOIRCIR ET QUE C'EST PAS NORMAL !
AH BON ? CE N'ÉTAIT PAS UNE CASE JOKER ?

NOM D'UNE COMÈTE POILUE ! ELLE TE SERVIRAIT À QUOI, LA CASE JOKER ?
C'EST QUE... EUH...
EH BIEN ...
UNE CASE DE RECHANGE ?
MMM
... ...
J'Y CROIS PAS... COMMENT PEUT-ON AVOIR UN QI AUSSI BAS ?
BAH ?
AYA, TU T'EN VAS ?
ATTENDS-MOI, JE RENTRE AVEC TOI !
JUNPEI ...
JE SUIS SÛRE QUE TU SERAS REÇU

ON LE RÉALISERA ENSEMBLE, CE FILM, D'ACCORD ?

HÉ !
TU N'AURAIS PAS OUBLIÉ TON GENTIL PETIT KOMIYAMA ?
ÇA M'AVAIT ÉCHAPPÉ
J'EN AI MARRE !
CETTE FICHUE LENTILLE N'ARRÊTE PAS DE M'ENNUYER !
!
LES LUNETTES. LA CULOTTE... TOUT ÇA N'EST QU'ACCESSOIRE !
EXCUSE-MOI
MOI, JUNPEI MANAKA.
JE RECONNAIS ÊTRE AMOUREUX D'AYA TOJO !

ICHIGO 100%

CHAPITRE 15 : DILEMME

普通
池袋
GROSSE DÉPRIME !
EN MATHS, JE N'AI EU QUE DES QUESTIONS DIFFICILES
IL Y AVAIT PAS MAL DE PROBLÈMES À RÉSOUDRE QUE JE N'AVAIS ENCORE JAMAIS VUS
TU SAIS, AYA...
JE L'AI TROUVÉE TRÈS BELLE

SI ON REGARDAIT LES CORRIGÉS ?
JE NE DEVRAIS PLUS PENSER À AYA MAIS C'EST PLUS FORT QUE MOI...
AH BON ? CERTES, ELLE N'AVAIT PAS SES LUNETTES MAIS JE N'AI RIEN REMARQUÉ DE SI FLAGRANT !
TU ES BIEN PLUS JOLIE QU'ELLE, TSUKASA !
TIENS DONC ?
CE SUJET A L'AIR DE TE FAIRE RÉAGIR !
GLOUPS
J'EN AI CARRÉMENT MARRE DES TES ABSENCES !
TSUKASA KICK !
ARGH

J'EN AI MARRE DE MANGER DU TON-KATSU TOUS LES JOURS...
C'EST POUR TON FILS QUE JE FAIS ÇA !
...
TSUKASA EST RESTÉE MUETTE APRÈS LE COUP DE PIED QU'ELLE M'A FLANQUÉ...
TOUT EST MA FAUTE ET LE PIRE EST QUE J'EN SUIS CONS-CIENT !
PARDONNE-MOI, TSUKASA ! MON CŒUR BAT AUSSI POUR TOI MAIS... MAIS...
JE SUIS HANTÉ PAR LE SOUVENIR DE LA BELLE AYA QUI NE CESSE DE ME HARCELER... AYA, TU ME MANQUES ! ♡
VOILÀ LA SOLUTION
TANT QUE JE N'AURAI PAS ÉTÉ FRANC AVEC TSUKASA, JE NE POURRAI PAS DÉCLARER MA FLAMME À AYA

ゴクッ
PUISQUE J'AI SON NUMÉRO
C'EST L'OCCASION DE L'APPELER SUR SON PORTABLE
JE NE PENSAIS PAS QU'IL ME SERVIRAIT UN JOUR À ÇA...
QUELLE IRONIE !
ELLE NE ME LE PARDONNERA JAMAIS
BIP
C'EST QUAND MÊME MOI QUI LUI AI FAIT LA DÉCLARATION
BIP
PAR QUOI VAIS-JE COMMENCER ?
BIP
"J'AIME UNE AUTRE FILLE"... ÇA NE VA PAS ÊTRE FACILE À DIRE !
BIP
...
...
...
ずる
バゴー
JE SUIS UNE VRAIE MAUVIETTE, C'EST PAS POSSIBLE !
がはっ
JE DOIS LUI DIRE POUR AVANCER DANS MA VIE !
TU LU UT
NOM D'UN SUSHI !!

DÉTENDS-TOI. CE N'EST QUE LE TÉLÉPHONE...
ALLÔ ?
ALLÔ...
C'EST MOI, TSUKASA
TSU...
EUH, BONSOIR ...
ÉTANT DONNÉ QU'ON N'A PAS COURS DEMAIN,
J'AI PENSÉ QU'ON POURRAIT SORTIR, TOUS LES DEUX, QU'EN PENSES-TU ?
QUOI ?
JE NE PEUX PAS ACCEPTER...
LES EXAMENS SONT FINIS, ON N'A PLUS À BOSSER
JE T'ATTENDRAI DEVANT LE CAFÉ DE LA GARE À 13 H, D'ACCORD ?
!
JE N'AI PAS EU LE TEMPS...
ELLE A RACCROCHÉ AVANT MÊME QUE JE PUISSE PRONONCER UN MOT !

C'EST UNE OCCASION QUI SE PRÉSENTE
IL FAUT ABSOLUMENT QUE JE LUI FASSE PART DE MES SENTIMENTS
BREF...
C'EST LA PREMIÈRE FOIS QUE JE SORS AVEC UNE FILLE... JE NE SAIS MÊME PAS CE QUI LUI PLAIRAIT DE FAIRE
J'ESPÈRE QUE JE SUIS HABILLÉ CONVENA-BLEMENT... CETTE CHEMISE ROUGE EST TROP VOYANTE...
!
DÉSOLÉE DE T'AVOIR FAIT ATTENDRE !

IL FAIT FROID, AUJOURD'HUI
J'AURAIS DÛ M'HABILLER PLUS CHAUDEMENT !
ON Y VA ?
DESCENDS DE TON NUAGE SI TU NE VEUX PAS QUE JE TE LAISSE EN PLAN !
OUI, J'ARRIVE
TOUS LES REGARDS SE POSENT SUR ELLE
IL Y A DE QUOI. ELLE EST SI JOLIE !
JUNPEI, OÙ AIMERAIS-TU ALLER ?

JE NE SAIS PAS
EH BIEN
JE TE PROPOSE
QU'ON AILLE AU CINÉMA ! ÇA TE DIRAIT ?
WAH !
EN VRAI, JE BRÛLE D'ENVIE D'ALLER VOIR UN FILM DANS UNE SALLE GÉANTE
C'EST...
C'EST COMME DANS UN RÊVE !
JE MOURAIS D'ENVIE DE VOIR CE FILM !
J'ÉTAIS PERSUADÉ QUE TSUKASA N'AVAIT AUCUN INTÉRÊT POUR LE CINÉMA... COMMENT EST-CE POSSIBLE ?

マタドナルド
ハンバーガー
CE FILM M'A BEAUCOUP PLU
MOI AUSSI !
POURTANT, LES CRITIQUES ÉTAIENT MÉDIOCRES
TU M'AS DRÔLEMENT SURPRIS, TSUKASA !
JAMAIS JE N'AURAIS PENSÉ ALLER AU CINÉMA AVEC TOI !
JE M'ATTENDAIS PLUS À ALLER FAIRE UNE PARTIE DE BOWLING OU UN KARAOKÉ...
あわわわ
J'ESPÈRE QUE JE NE TE VEXE PAS EN DISANT ÇA
NON, PAS DU TOUT
EN FAIT, J'AVAIS ENVIE D'ALLER VOIR CE FILM RIEN QUE POUR KEANU REEVES
MAIS QU'EST-CE QUE JE FICHE ?
TU AS VU "HANNIBAL" ?
NON, ÇA FAIT PEUR PARAÎT-IL
IL Y A DES SCÈNES UN PEU SANGLANTES MAIS C'EST UNE HISTOIRE TOUCHANTE
JE NE SAVAIS PAS QUE TU AVAIS UNE CULTURE CINÉMATOGRAPHIQUE AUSSI DENSE
OUAIS
J'AI ACCEPTÉ DE VENIR POUR LUI ANNONCER NOTRE RUPTURE...

TU M'AS DONNÉ ENVIE D'ALLER FAIRE UN KARAOKÉ... J'AI BESOIN DE ME DÉFOULER
ALLONS CHANTER POUR ÉVACUER LE STRESS DE L'ATTENTE DES RÉSULTATS !
EUH, OUI...
? ? ? ⬅ TÊTE-À-TÊTE ⬅ OBSCURITÉ ⬅ SALLE PRIVÉE ⬅ KARAOKÉ
... ...
EST-CE ENCORE UNE INVITATION ?
J'AI VRAIMENT LES IDÉES DÉPLACÉES
TU CHANTES TRÈS BIEN, BRAVO !
MERCI, MERCI ! ♡

ON S'EST BIEN DÉFOULÉS !
JE NE SAVAIS PAS QUE TU AVAIS DES DONS DE CHANTEUR, JUNPEI !
TRÊVE DE PLAISANTERIE, TRÈS CHÈRE !
JE SUIS SÛRE QUE TU EN EMBALLERAIS PLUS D'UNE AVEC TA VOIX !
C'EST LA PREMIÈRE FOIS QUE JE METS LES PIEDS DANS UN KARAOKÉ AVEC UNE FILLE
JE SUIS SINCÈRE
J'AI BEAUCOUP APPRÉCIÉ
CD
ガクゥー
TU AS DIT QUELQUE CHOSE ?
QUE SE PASSE-T-IL ?
LA PORTE AURAIT DÛ S'OUVRIR SI ON ÉTAIT ARRIVÉS

J'ESPÈRE QUE...
ON EST COINCÉS DANS L'ASCENSEUR !
LE CAUCHEMAR !
AU SECOURS, DÉLIVREZ-NOUS, SORTEZ-NOUS D'ICI !
TCHAC
TCHAC
JUNPEI, NE PANIQUE PAS !
EN CAS DE PANNE, IL SUFFIT D'APPELER LES SECOURS
かあぁ〜〜っ
EN EFFET, J'AVAIS DÉJÀ VU UNE SCÈNE SEMBLABLE DANS UN FILM
ALLÔ ? NOUS SOMMES COINCÉS DANS L'ASCENSEUR
OUI, D'ACCORD... JE VOUS REMERCIE
ZUT, J'AI CARRÉMENT PERDU MON SANG-FROID
LA HONTE !
ON DOIT ATTENDRE, LE TEMPS QU'ILS VÉRIFIENT LE SYSTÈME
ずるるっ
ATTENDRE... C'EST LONG DANS UN CAS PAREIL...

し...ん
CE SILENCE ME FAIT FLIPPER !
SI ON PARLAIT DE QUELQUE CHOSE EN ATTENDANT, TSUKA...
SA ...
ひらりんちょ
↑ Elle refait ses lacets
JE T'AI VU, TU AS REGARDÉ MA CULOTTE !
IMPOS-SIBLE !
JE PARLAIS EN MÉDITANT LES YEUX OUVERTS !
JE NE TE CROIS PAS !
RHÔÔ-LALA !
TU MÉDITES, TOI ?
じぃ〜〜ん
J'AI VU LA CULOTTE DE TSUKASA EN VRAI !
D'HABITUDE, ÇA SE PASSE DANS MES RÊVES !

C'EST TROP CALME ICI
TU CROIS QU'ILS VONT TROUVER LA PANNE ?
ARRÊTE D'ÊTRE SI PESSIMISTE !
... ...
J'AI SOIF
IL ME RESTE UN PEU DE THÉ DANS MA BOUTEILLE
MAIS ...
UN BAISER INDIRECT...
ゴク ゴク
MERCI
烏龍
... ...
C'EST COMME SI ON S'ÉTAIT EMBRAS-SÉS...
!

ドキ
ドキ
ド
QU'EST-CE QUI ME TROUBLE, COMME ÇA ?
TSU-KASA ...
APPROCHE-TOI DE MOI, SI TU AS FROID
... ...
NON
EN FAIT, C'EST MOI QUI AI FROID...
NE TE LAISSE PAS ENTRAÎNER PAR L'AMBIANCE QUI RÈGNE
JE SUIS AU COURANT, TU SAIS
JE SAIS PERTINEMMENT QUE TU EN AIMES UNE AUTRE

TSUKASA !
J'AI TOUJOURS ÉTÉ TRÈS INTUITIVE DANS CES CAS-LÀ
JE NE T'EN VOUDRAI PAS CAR J'AIME BIEN AYA
D'AILLEURS, JE SUIS CERTAINE QU'ELLE EST AMOUREUSE DE TOI...
JE...
JE PEUX VENIR VERS TOI ?
OUI
TU SAIS, JE...
...
...
...

TOUT LE LONG DU CHEMIN DU RETOUR
NOUS N'AVONS PAS ÉCHANGÉ UN SEUL MOT
BIZAR-
REMENT,
JE N'AVAIS PAS ENVIE DE MARCHER LES MAINS DANS LES POCHES
!
....
きゅ・・っ
QU'EST-CE QUE TU FERAIS...
SI JE TE LAISSAIS PARTIR DANS LES BRAS DE AYA ?

JE NE SAIS PLUS CE QUE JE DIS !
... ...
J'ÉTAIS PARTI POUR LUI ANNONCER NOTRE RUPTURE
C'EST TOUJOURS DANS CES MOMENTS DIFFICILES
QUE L'ON AIMERAIT CONTEMPLER UN PEU PLUS LONGTEMPS LE VISAGE DE CELLE QUE L'ON VA QUITTER

ICHIGO 100%

CHAPITRE 16 :
PETITE ESCAPADE

MISÈRE ...
ÇA VA ÊTRE DUR DE LA REVOIR...
QUE NOUS RÉSERVE NOTRE DESTIN ?
POURQUOI DEUX RELATIONS NE SONT-ELLES PAS...
POSSIBLES ?
QU'EST-CE QUE JE VAIS ENCORE INVENTER !
C'EST MOI QUI AI FAIT LE PREMIER PAS, C'EST À MOI D'ASSUMER VIRILEMENT !

EN FIN DE COMPTE, JE N'AI FAIT QUE BLESSER TSUKASA
ELLE NE LE MÉRITE PAS. ELLE EST SI GENTILLE...
ATTENDONS DE VOIR CE QUI SE PASSE
JE SUIS VRAIMENT UN BON À RIEN
!?
QU'EST-CE QU'ILS ONT TOUS, À ME REGARDER ?
JE N'AI RIEN FAIT POUR MÉRITER TOUS CES REGARDS !
AYAAA!

QUOI ?
BONJOUR, AYA ! TU AS GARDÉ TES LENTILLES ? ♡
SUPER ! ALLEZ, ENTRE ET ASSIEDS-TOI !
AYA... AYA TOJO ?
REGARDEZ UN PEU COMME ELLE EST BELLE ! POURQUOI AVOIR GARDÉ CES HORREURS SUR LE NEZ AUSSI LONGTEMPS ?
QUEL GÂCHIS !
... ...
ELLE EST VRAIMENT CRAQUANTE, C'EST MON STYLE DE FILLE !

SILENCE !!
CE N'EST PAS PARCE QUE LES EXAMENS SONT TERMINÉS QUE VOUS DEVEZ VOUS LAISSER ALLER !
QUI EST LE FOUTEUR DE CE TROUBLE ?
QU'IL SE DÉNONCE !
ズルッ
EH BIEN... EUH
JE SUIS DÉSOLÉE ...
HAHAHA... ♡ QU'EST-CE QUI T'A PRIS, FRANCHEMENT ! ♡♡♡
TU NE VOUDRAIS QUAND MÊME PAS OBLIGER TON PROFESSEUR À FAIRE USAGE DE SA FORCE HERCULÉENNE POUR TE DONNER UNE BONNE LEÇON ! ♡
HOTEL
HOTEL
HOTEL
SALETÉ DE SHIRATORI !
IL LUI A PASSÉ SON BRAS SUR L'ÉPAULE, LE GROS VICELARD !

LE MÉTIER D'ENSEIGNANT EST SACRÉ !
JE VAIS VOUS APPRENDRE, M. SHIRATORI !
QUE TOUT LE MONDE REGAGNE SA PLACE !
DITES DONC !!
JE VOUS INTERDIS DE L'APPROCHER !
AYA, TU VAS BIEN ?
NE T'APPROCHE PAS TROP DE CE PROF, IL PUE LA TRANSPIRATION !
NE T'INQUIÈTE PAS, ON EST LÀ POUR TE PROTÉGER !
C'EST QUOI CE BIN'S ?
JE NE PEUX MÊME PAS L'APPROCHER !
JE VAIS FAIRE L'APPEL
FINALEMENT.
L'AMBIANCE ÉTAIT BIEN PLUS CALME QUAND ELLE AVAIT SES LUNETTES SUR LE NEZ
C'EST INSUPPORTABLE
GNN

ゴゴゴゴ
TOUS CES MECS QUI LUI TOURNENT AUTOUR ALLÉCHÉS PAR SON PHYSIQUE
IL N'Y A PAS QUE LE PHYSIQUE QUI COMPTE, TOJO EST UNE FILLE FORMIDABLE !
QU'EST-CE QUE TU FAIS AVEC TON APPAREIL ? TU VEUX QU'ON VOUS PRENNE EN PHOTO ?
ELLE POURRAIT PRENDRE UNE POSE SEXY... ET CLIC, DANS LA BOÎTE ! ♡
C'EST BIEN LUI QUI DISAIT QU'ELLE N'AVAIT RIEN D'ATTIRANT DANS LE VOLUME 1. NON ?
JE NE SUIS PAS SON PETIT COPAIN ET JE N'AI PAS MON MOT À DIRE
JE ME DEMANDE CE QU'ELLE PENSE DE MOI...
MES CHANCES AVEC AYA S'AMENUISENT...
SÉANCE PHOTOS
ET MOI !
QUELLE ERREUR DE NE PAS M'ÊTRE RENDU COMPTE DE SA BEAUTÉ PLUS TÔT !
QUELLE GROSSIÈRE ERREUR, VRAIMENT ! POURQUOI NE PAS L'AVOIR IMAGINÉE SANS SES LUNETTES ?
CE N'EST PAS LE MOMENT DE ME POSER DES QUESTIONS, IL FAUT LA SORTIR DE LÀ !
T'AS QU'À Y ALLER, TOI !
UNE PRINCESSE EN DÉTRESSE ATTEND TOUJOURS LE SECOURS DU PRINCE CHARMANT

ET LE PRINCE... C'EST TOI !
AH !!
JE NE VOIS PAS COMMENT JE POURRAIS LUI ÊTRE UTILE...
OH...
はっ
JUNPEI !

GÉNIAL !
タッ
ON AURAIT DIT UNE SCÈNE SORTIE TOUT DROIT D'UN FILM !
CE MANAKA COMMENCE À ME LES CHAUFFER !
IL DEVRAIT S'OCCUPER DE TSUKASA, PUISQU'ILS SORTENT ENSEMBLE !
JUNPEI, TU VAS ME LE PAYER !

HAH
HAH
JE SUIS VRAIMENT NAVRÉE POUR TOUT CE QUI VIENT DE SE PASSER
JE N'ARRIVAIS PLUS À M'EN SORTIR ET TU ES ARRIVÉ JUSTE À TEMPS
HÉ HÉ HÉ HÉ
TOUS CES GARÇONS NE SONT PAS TRÈS GALANTS
C'EST PARCE QU'ILS NE M'ONT JAMAIS VUE AINSI...
CE DOIT ÊTRE UNE RÉACTION PROPRE AUX GARÇONS
JE...
JE NE SUIS PAS COMME EUX CAR MON AMOUR POUR TOI EST SINCÈRE !
IMAGINATION
C'EST IMPOSSIBLE ...
JE DOIS D'ABORD METTRE UN TERME À MA RELATION AVEC TSUKASA...
ZUT
LE COURS A COMMENCÉ

IL FAUT RETOURNER EN CLASSE
SI ON SÉCHAIT LE COURS ?
HEIN ?
TU N'Y PENSES PAS !
LES EXAMENS SONT FINIS, NON ?
J'AI BIEN ENVIE DE DÉSOBÉIR AU RÈGLEMENT ET ALLER M'AMUSER UN PEU
QUI NE SOUHAITE PAS "S'AMUSER" AVEC LA FILLE DE SES RÊVES ?
ON Y VA ?
D'AC-CORD !
AHAH AHAHA
JE ME SUIS SOUDAIN SENTI CONFIANT ET TENDU À LA FOIS... ♡

ÇA ME RAPPELLE MON ENFANCE !
ON FAIT DU TOBOGGAN ?
SI TU VEUX
SUPER !
ÇA FAISAIT TELLEMENT LONGTEMPS !
J'ADORAIS ÇA, QUAND J'ÉTAIS PETITE
くいっ
AH OUAIS ?
ON Y VENAIT TOUS LES JOURS AVEC MON PETIT FRÈRE
くいっ
SUPER, ÇA...
OUAIS, OUAIS

JUNPEI ?
AYA, CE QUE JE VIENS DE VOIR EST BEAUCOUP TROP CHOQUANT POUR UN GARÇON DE MON ÂGE !
JE DOIS ALLER AUX TOILETTES
OUH LÀ LÀ
IL FAUT ABSOLUMENT QUE JE ME CHANGE LES IDÉES
WOUAAH !!
DÉSOLÉ
JE NE T'AVAIS PAS VU
HA HA HA HA HA HA...
C'EST DRÔLE ÇA... MA TENSION A CHUTÉ SUBITEMENT !

PFOUH
JE NE SAVAIS PAS QUE LES VOYOUS SE BALADAIENT DANS UN PARC EN PLEIN JOUR
BAH ?
JE N'Y AVAIS PAS PENSÉ !
LAISSE-TOI FAIRE, MA DOUCE ♡
AYA COURT UN RISQUE ÉNORME !
ILS N'OSERONT QUAND MÊME PAS S'ATTAQUER À ELLE...
POURVU QU'IL NE LUI SOIT RIEN ARRIVÉ !
MISÉRI-CORDE !!

C'EST À MOI DE LA PROTÉGER !
ELLE N'AURA QU'À SE SAUVER PENDANT QUE JE ME FERAI DÉFONCER LA TRONCHE !
IL SAIT À QUOI S'ATTENDRE
DIS DONC !!
JE, JE, JE, JE TE CONSEILLE DE T'ÉLOIGNER DE CETTE FILLE !
MAGNE-TOI SI TU NE VEUX PAS PASSER UN SALE QUART D'HEURE !
ARGH ...
TU DISAIS, ESPÈCE DE GRAND NIGAUD ?
JUNPEI, ÇA VA ?

JE VAIS BIEN... JE PEUX ENCORE ME BATTRE... SAUVE-TOI, AYA
M. SHOJI, VOUS AURIEZ PU ÉVITER DE LUI DONNER UN COUP DE PIED !
JE NE SAVAIS PAS QUE TU LE CONNAIS-SAIS !
HEIN ?
JE SUIS DÉSOLÉ
J'AI CRU QUE TU ÉTAIS UN PAUVRE TYPE QUI LUI VOULAIT DU MAL ♡
J'ADORE VENIR MANGER LES CRÊPES, ICI
ENTRE NOUS. IL A PLUS L'AIR D'UN MÉCHANT QUE MOI
TIENS, POUR ME FAIRE PARDON-NER
ET SI JE N'EN VOULAIS PAS ?
HA... HAHA HAHA
ちまっ
SES CRÊPES SONT DÉLICIEUSES ! JE VIENS ICI DEPUIS L'ÂGE DE 4 ANS
MA PART EST SI GRANDE QUE JE RISQUE DE NE PAS EN AVOIR LE GOÛT...

ON SE CONNAÎT DEPUIS TRÈS LONGTEMPS, AVEC AYA
SI LA POITRINE D'AYA A TANT GONFLÉ C'EST GRÂCE À MES CRÊPES !
HÉ !
OUBLIEZ MA POITRINE, VOULEZ-VOUS ?
GNN
DEPUIS LE TEMPS QU'ON SE CONNAÎT, JE LA CONSIDÈRE UN PEU COMME MA FILLE ! ♡
IL A LE DROIT DE TOUCHER ?
IL A VRAIMENT LE DROIT ?
LES P'TITS MIGNONS DE TA TREMPE, ÇA M'A TOUJOURS GONFLÉ
TU TE PRENDS POUR SON PETIT COPAIN OU QUOI ? IL VA FALLOIR ME DEMANDER LA PERMISSION POUR SORTIR AVEC ELLE !
ARRÊTEZ DE POSTILLONNER, C'EST FRANCHEMENT DÉGOÛTANT !
JE ME SUIS COLLÉ UN BOUT DE CRÊPE
QUAND ON A CHAHUTÉ, TOUT À L'HEURE !
OH NON !
TU ES TOUJOURS AUSSI MALADROITE, MA PETITE AYA...
C'EST VOTRE FAUTE, M. SHOJI
TIENS. ESSUIE-TOI
JE VAIS ALLER MOUILLER MON MOUCHOIR

SERAIS-TU AMOUREUSE DE CE GARÇON ?
EH BIEN, JE...
JE PEUX TE DIRE QUE JE LE TROUVE TRÈS BIEN...
TU AS VU, TOUT À L'HEURE ?
IL S'EST COURAGEUSEMENT POINTÉ DEVANT MOI POUR M'AFFRONTER
DES JEUNES COMME LUI, JE N'EN CONNAIS PAS BEAUCOUP QUI OSERAIENT SE FROTTER À MOI
... ...
QUAND JE LES AI REJOINTS UN PEU PLUS TARD
LE TYPE DES CRÊPES AVAIT DISPARU
TU SENS ENCORE LA CRÊPE, ON DIRAIT
OUI, JE CROIS QU'IL VA FALLOIR QUE JE ME CHANGE EN ARRIVANT À L'ÉCOLE

はーっ
ON VA SE FAIRE REMONTER LES BRETELLES...
MOI, JE DIS...
QUE ÇA DOIT JASER DUR SUR NOUS
HEIN ? QU'EST-CE QUE TU AS DIT ?
NON, RIEN !
DÉPÊCHONS-NOUS DE RENTRER AVANT QUE LE COURS SUIVANT NE COMMENCE
ATTENDS-MOI, AYA !
J'IGNORE COMPLÈTEMENT
QUI A BIEN PU RACONTER QUE NOUS AVIONS SÉCHÉ LES COURS
MAIS DEPUIS CE FAMEUX JOUR, JE N'AI PLUS EU DE NOUVELLES DE TSUKASA...
LE JOUR TANT ATTENDU DES RÉSULTATS EST ENFIN ARRIVÉ

ICHIGO 100%

ÇA FAISAIT LONGTEMPS QU'ON NE S'ÉTAIT PAS RETROUVÉS TOUS ENSEMBLE
CHAPITRE 17 : LE CŒUR A SES RAISONS ?
C'EST BIEN LA PREMIÈRE FOIS QUE J'ENTENDS PARLER D'UN CRAYON PORTE-BONHEUR ET D'UN TYPE QUI A DÉCALÉ TOUTES SES RÉPONSES !
ÇA T'ENNUIERAIT DE NE PAS REMUER LE COUTEAU DANS LA PLAIE ?
NE REMETS PAS ÇA SUR LE TAPIS, TU FAIS PLEURER KOMIYAMA
IL N'Y A PAS DE QUOI VOUS INQUIÉTER, IL N'Y A QUE 1,1 % D'ÉCHEC CONCERNANT LE CONCOURS D'ENTRÉE POUR IZUMIZAKA
JE SUIS CERTAINE QUE TU ES ADMIS, JUNPEI
C'EST TOUT CE QUE J'ESPÈRE !
C'EST À MOI QU'ELLE PARLE ?
APRÈS UNE SEMAINE ENTIÈRE DE LONG SILENCE
TSUKASA ME REPARLE COMME SI DE RIEN N'ÉTAIT

CHAPITRE 17 :
LE CŒUR A SES RAISONS ?

ICHIGO 100%

TABLEAU DES RÉSULTATS
C'EST BON POUR MOI !
ÇA ME RASSURE, J'AI VRAIMENT CRU QUE JE L'AVAIS RATÉ !
きゃーっ
MOI AUSSI ! ON SERA ENCORE ENSEMBLE, C'EST CHOUETTE !
J'ESPÈRE QU'ON POURRA TENIR LES MÊMES PROPOS QUE CES DEUX FILLES...
MON CŒUR BAT SI FORT !
OUAIS. LE MIEN AUSSI !
OCCULTONS LES 1,1 % D'ÉCHEC !
TSUKASA AVAIT LE 168, KUMIYAMA LE 171, JUNPEI LE 172 ET AYA, LE 173...
VOYONS VOIR...
168... 168...

0168
0169
0170
0173
J'AI TROUVÉ LE 168, TSUKASA, TU ES REÇUE !
N°171
N°172
CIEL !
J'AI AUSSI TROUVÉ LE TIEN, AYA !
ET...
BAH ?
ON EST RECALÉS...

かあ—
BEN OUI !
C'EST MIEUX QUE DE SE FIER À UN CRAYON PORTE- BONHEUR ! DANS LA VIE, IL FAUT SE DONNER LA PEINE POUR OBTENIR DES RÉSULTATS ET NE PAS SE FIER AU HASARD !
IL FALLAIT S'Y ATTENDRE ! COMMENT RÉUSSIR UN EXAMEN QUAND ON A L'ESPRIT AILLEURS ?
C'EST LE PROPRE DE L'HOMME DE VOULOIR PARLER POUR CACHER SA PEINE...
C'EST MONS-TRUEUX, CE QUI NOUS ARRIVE !
がしっ
TANT PIS, ON IRA AU LYCÉE SHUEI, TOUS LES DEUX
FRATER-
-NITÉ
NISHINO, REGARDE LÀ-BAS !
QUOI ?
LES GARÇONS, VENEZ VOIR !
ON A TROUVÉ VOS NUMÉROS !
!

VRAI-
MENT ?
C'ÉTAIT DONC JUSTE UN OUBLI ?
Admissions supplémentaires en cas de désistement
0171
0172
0225
On vous contactera plus tard
ばん
C'EST UNE BLAGUE ?
ÇA VEUT DIRE QU'ON EST QUAND MÊME ADMIS ?
COURONS DE CE PAS NOUS RENSEIGNER, KOMIYAMA !
TU AS RAISON, MON FRÈRE ! LE PREMIER ARRIVÉ A GAGNÉ !
JE PENSE QUE VOUS FERIEZ MIEUX D'ALLER VOUS REN-SEIGNER AU SECRÉTARIAT
...
DEPUIS QUAND S'ENTENDENT-ILS AUSSI BIEN ?

SECRÉTARIAT
CE GENRE D'ADMISSION
A ÉTÉ MIS EN PLACE POUR REMPLACER LES ÉLÈVES QUI, AU DERNIER MOMENT, AURAIENT DÉCIDÉ D'ALLER ÉTUDIER DANS UN AUTRE ÉTABLISSEMENT
GONDABARA
ÇA ARRIVE SOUVENT ET CELA PERMET AUX ÉLÈVES À QUI IL MANQUE DES POINTS DE REMONTER DANS LA LISTE
VOUS ÊTES SÛRE QUE CES ÉLÈVES NE CHANGERONT PLUS JAMAIS D'AVIS ET QU'ON POURRAIT PRENDRE LEUR PLACE ?
SI ON N'EST PAS ADMIS, JE FOUS LE FEU
COMMENT EN ÊTRE SÛRE ?
ÇA VOUS DIRAIT DE RESTER BAVARDER AVEC MOI ? ♡
ADMIS EN CAS DE DÉSISTEMENT...
CE N'EST PAS ENCORE GAGNÉ, IL VA FALLOIR CROISER LES DOIGTS
ET MOI QUI CROYAIS POUVOIR PASSER UNE EXCELLENTE JOURNÉE À FÊTER MON ADMISSION
J'EN AI MARRE DE TOUS CES CONCOURS !
TU N'ES PAS ENCORE SORTI DE L'AUBERGE !
... ...

POURQUOI FAUT-IL QUE ÇA TOURNE AU CAUCHEMAR ?
COMMENT ACCEPTER D'ALLER À SHUEI EN SACHANT QUE AYA ET TSUKASA IRONT À IZUMIZAKA ?
CELUI QUI S'EST DONNÉ TANT DE MAL À PASSER CE CONCOURS N'A AUCUNE RAISON DE SE DÉSISTER AU DERNIER MOMENT, C'EST ABSURDE !
JE ME DEMANDE COMMENT ON PEUT CHANGER D'AVIS AU DERNIER MOMENT
IMAGINE QUE CES ÉLÈVES PRÉFÈRENT ENTRER DANS LE PRIVÉ...
QU'EST-CE QUE TU FOUS, MANAKA ?
FALLAIT PAS SHOOTER DEDANS...
AÏE !
ET SI JE VOUS DISAIS QUE J'EN FAIS PARTIE ?

JE RENONCE AU LYCÉE IZUMIZAKA
VOUS AVEZ DÉJÀ UNE CHANCE SUR DEUX DE RÉALISER VOTRE VŒU

POURQUOI ?
TU VAS DÉMÉNAGER ?
NON, LÀ N'EST PAS LA RAISON...
ぽり ぽり
MES PARENTS M'ONT POUSSÉE À PASSER LE CONCOURS DU LYCÉE OHMI
C'EST CE QUE J'AI FAIT SANS JAMAIS VOUS EN PARLER
JE NE PENSAIS VRAIMENT PAS Y ÊTRE ADMISE
OHMI A UN NIVEAU BEAUCOUP PLUS ÉLEVÉ
JE CROIS QUE JE DOIS UNE BELLE CHANDELLE À AYA ET OKUSA QUI M'ONT AIDÉE DANS MES RÉVISIONS
TSUKASA !
JE CROYAIS...
QUE TU VOULAIS RESTER AVEC JUNPEI...

J'AI...
J'AI BIEN RÉFLÉCHI
JE NE VOUDRAIS PAS GÂCHER MA VIE JUSTE POUR UNE HISTOIRE D'AMOUR !
POURQUOI SE SACRIFIER QUAND ON PEUT CHOISIR SA PROPRE VOIE ?
IL FAUT SAVOIR FAIRE DES CONCESSIONS DANS UN COUPLE ET ÊTRE COMPRÉHENSIF
J'ESPÈRE SEULEMENT
QUE JUNPEI SERA D'ACCORD POUR CONTINUER AINSI

TSU-KASA ...
ET DIRE QUE TU N'AS MÊME PAS ÉTÉ FICHU D'AVOIR SUFFISAM-MENT DE POINTS !
MÊME SI TOUT N'EST PAS ENCORE GAGNÉ, J'ESPÈRE QUE TU IRAS À IZUMIZAKA !
OUILLE
J'Y VAIS !
JE DOIS ANNONCER LA BONNE NOUVELLE À MES PARENTS
JE VOUS LAISSE
SALUT !

...
...
...
ELLE VA AU LYCÉE OHMI...
LE LYCÉE OHMI...
JUNPEI, TU LA LAISSES PARTIR ?
ELLE N'A PEUT-ÊTRE PAS ENCORE REMPLI SON BULLETIN D'INSCRIPTION, TU PEUX ENCORE LA FAIRE CHANGER D'AVIS !
VAS-Y, JUNPEI !
OUAIS, J'Y VAIS !
JE SAVAIS QUE MA DÉMARCHE SERAIT VAINE
TSUKASA !!
ELLE N'AURAIT PAS CHANGÉ D'AVIS, QUOI QU'ON DISE

QUOI ?
TU AS OUBLIÉ DE ME DIRE QUELQUE CHOSE ?
EN FAIT, NON...
MOI, SI
TU AS VU ?
LES CERISIERS SONT BIENTÔT EN FLEUR
ENFIN, CE N'EST PAS CE QUE JE VOULAIS TE DIRE...
JE VOUDRAIS T'EXPLIQUER POURQUOI J'AI CHOISI LE LYCÉE OHMI...

C'EST MA STRATÉGIE !
JE SAIS QUE JE NE PEUX PAS ME MESURER À AYA
QU'EST-CE QUE TU EN SAIS ?
D'AILLEURS, JE N'AI JAMAIS BIEN COMPRIS POURQUOI TU SORS AVEC MOI ALORS QU'IL Y A UN TAS DE BEAUX MECS AUTOUR DE TOI !
TU AS RAISON
MAIS J'AVOUE AVOIR ÉTÉ SÉDUIT PAR TA FAÇON TRÈS ORIGINALE DE FAIRE TA DÉCLARATION
"LE CŒUR A SES RAISONS QUE LA RAISON IGNORE"... DIT-ON

C'EST VRAI QU'IL FAUT AVOIR UNE BONNE RAISON POUR TOMBER AMOUREUSE D'UN TYPE COMME MOI...
MON CŒUR N'EST PAS OUVERT À N'IMPORTE QUI
JE TROUVE QUE TU AS ÉNORMÉMENT DE QUALITÉS, JUNPEI
J'AI ADORÉ LA JOURNÉE QU'ON A PASSÉE ENSEMBLE !
ON REMETTRA ÇA, D'ACCORD ?
PENSE À VOTER POUR TSUKASA NISHINO !

JE ME RENDS COMPTE
QUE LA VIE ME SOURIT
À MON AVIS, AYA ET TSUKASA N'ONT VRAIMENT RIEN À FAIRE AVEC UN TYPE COMME MOI
JE NE SUIS PAS DIGNE D'ÊTRE LEUR PETIT AMI...
J'AI DÉCIDÉ DE DEVENIR QUELQU'UN DE BIEN !
LA BEAUTÉ INTÉRIEURE, C'EST CE QUI COMPTE AVANT TOUT !
EN-SUITE JE...

OUPS
AÏE
QUI A OSÉ ME BALANCER ÇA SUR LA TÊTE ?
HÉ, MOLLO !
T'AVAIS QU'À PAS TE TROUVER SUR MON CHEMIN !
JE VAIS T'APPRENDRE À ÊTRE POLIE, MOI !
LA FERME, TU ME CASSES LES OREILLES !
QUAND ON VEUT DEVENIR QUELQU'UN DE BIEN, ON APPREND D'ABORD LA TOLÉRANCE !
LA CANETTE EST TOMBÉE SUR MA BOSSE

JE SUIS EN PLEINE DÉPRIME ALORS C'EST PAS L'MOMENT DE ME CHAUFFER !
D'ABORD, LE CIEL PUNIT TOUJOURS CEUX QUI FRICOTENT AVEC LES FILLES, JE VOUS AI VUS !
TU COMMENCES À ME SAOULER, SALE GARCE...
AÏE
QUEL NUL !
CETTE PESTE A FINI PAR CHASSER MA BONNE HUMEUR
PESTE MAIS TRÈS MIGNONNE !
TSUKASA ET AYA ONT QUAND MÊME PLUS DE CLASSE !

DESSINS DE SATO

JE VOUS REMERCIE POUR L'ACHAT DE CET OUVRAGE !

PETIT MANGA BONUS D'ICHIGO

POUR DES RAISONS DE SANTÉ, J'AI LAISSÉ MES ASSISTANTS SE DÉPATOUILLER AVEC LES BONUS !

UTOPIE

DESSINS D'ABÉ

LE SECRET VÉRITABLE

DESSIN D'UMI

ICHIGO 100 PERCENT Vol. 2

First published in Japan in 2002 by SHUEISHA Inc., Tokyo
French translation rights in France arranged by
SHUEISHA Inc. through BUREAU KIDA Sarl.

6, cité Paradis – 75010 Paris
Site internet : www.tonkam.com
E-mail : ecrivez-nous@tonkam.com

Traduction et adaptation : Nathalie Martinez
Lettrage et maquette : Éditions Tonkam

1re édition française : août 2006

Achevé d'imprimer en France en août 2006
sur les presses de l'imprimerie Aubin à Ligugé (Vienne)
Dépôt légal : août 2006